AF415506

Elisa Costamagna

Nonostante

Lo so che cerco sempre di essere una forte, una ragazza dura che non soffre mai, ma la verità è che soffro anche io e la maggior parte delle volte sono debole.

Sono fragile, crollo facilmente davanti al telefono, piango spesso per il finale di un film drammatico, di notte spesso non dormo perché i miei pensieri non me lo permettono, ascolto canzoni tristi per sentirmi sola. Voglio, anzi vorrei, fingere di non provare così tante emozioni a volte anche tutte insieme, ma la verità è che mi sciolgo facilmente anche in un semplice ma vero abbraccio, ho bisogno di continue rassicurazioni; ho paura, molta, di essere lasciata sola, e ho molto bisogno di essere e sentirmi protetta.

Quando sono per strada mi capita spesso di camminare con la faccia bassa per non farmi notare. Spesso mi blocco e fisso il vuoto sentendomi parte di esso.

Fingo di avere una "corazza" indistruttibile perché se gli altri mi conoscessero davvero per come sono, mi distruggerebbero con una semplice parola.

Ho ripensato a tutte quelle volte che avrei

dovuto agire e invece non l'ho fatto, a quante
volte per paura non ho mosso il culo e mi sono
rifugiata dietro a delle parole.
Sono sempre stata forte quando si trattava dei
problemi degli altri, solo con i miei non ne
venivo a capo.
Ho imparato che le persone non comprendono
quello che hanno davanti e spesso non lo
apprezzano manco.
Ho imparato che da un giorno all'altro tutto può
cambiare, che non c'è niente di più bello e
difficile di fidarsi di qualcuno; ho imparato ad
accettare le delusioni, o comunque non dargli
più così tanto peso come una volta e andare
avanti anche quando l'unica persona con cui
vorresti parlare è la stessa che ti ha ferito.
Ho imparato che questo molte persone non
l'hanno mai capito: che più dai, meno ricevi,
che ignorare i fatti non cambia i fatti, che i
vuoti non sempre possono essere colmati, e che
le grandi cose si vedono solo dai piccoli gesti.
Certi momenti ho bisogno di silenzi e
solitudine, certi altri ho bisogno di compagnia e
amore, certi di musica a tutto volume; forte
bisogno di scrivere, altri di leggere e pensare, e

tanti altri di agire...
Le belle sensazioni sono come quando abbracci
qualcuno e non ce la fai a smettere. Come
quando qualcuno ti tocca e tu crolli nemmeno
fossi un castello di carte, come qualcuno ti
chiede se va tutto bene proprio quando va tutto
male.
Voglio capire cosa non va in me, vorrei capire
perché certe volte sono troppo emotiva e altre
troppo apatica, vorrei capire perché sogno una
vita migliore ma allo stesso tempo non faccio
niente per averla: è come se ci fosse qualcosa di
fondamentalmente sbagliato in me, è come se
vivessi per gli altri, per confermare che nella
mia vada tutto bene.
È come se campassi di apparenze e non servisse
davvero nient'altro per tirare avanti.
Io che non sto mai bene con me stessa e sono
cresciuta in un sistema che tratta la felicità
come un'emozione da eliminare, come se fosse
sbagliato sperimentarla, come se la sua
presenza fosse illimitata.
Alla fine, però sorrido perché mi sono rotta di
spiegare il perché sono triste.
In fondo si tratta solo di mostrare agli altri che

non hai dimenticato e che soprattutto non vuoi
dimenticare.
Io non sono mai stata una persona che lascia
andare. Ho sempre lottato quando
pensavo che ne valesse davvero la pena, ho
sempre lottato anche quando non c'era più
niente da fare.
Ho lottato da sola e ho amato per due e no, non
me ne vergogno; la verità è che ormai tutti noi
affrontiamo, ogni giorno, una nuova guerra
contro il mondo e noi stessi, perché ormai la
gente è abituata ad etichettarti senza sapere
niente di te, se non il tuo nome.
Andando avanti capisci molte cose: capisci che
l'amore è un'altra cosa, che non è quella che ti
eri immaginata, che la favola ormai è finita e
che soprattutto esiste nessun principe azzurro.
Capisci che i veri amici sono veramente pochi,
li conti sul palmo di una mano, che quelli ci
saranno sempre e ti basta sapere questo, perché
non abbiamo né bisogno di figuranti né di far
numero.
Capisci che la vita segue il suo corso, un
disegno tutto suo, forse diverso da quello che
avevi fatto tu, che certe volte non va come

dovrebbe andare veramente.
Capisci che il meglio fa fatica ad arrivare, e che
a volte non arriva proprio.
Vorrei che per una volta qualcuno facesse caso
a me realmente, che mi guardasse
osservandomi davvero, che non si fermasse
solo alla copertina e tanto meno a leggere la
trama della mia vita; vorrei qualcuno che
leggesse tutto il libro, magari più volte
sottolineandolo e soffermandosi a rileggere le
frasi di senso illogico, vorrei qualcuno che mi
consumasse, che "scrivesse" appunti su di me.
Vorrei che qualcuno si rendesse conto di come
io stia il più delle volte e desse a me lo stesso
supporto che io stessa tendo a dare a chiunque
mi venga davanti: invece sto seduta sull'orlo del
precipizio ad aspettare che qualcuno mi porti
con sé in qualunque altro posto poiché sono
così stanca di guardare il vuoto e non vederci
nulla, non vedo e percepisco nulla se non
voragini che ho provato a riempire con
qualsiasi cosa a caso.
Vorrei qualcuno che facesse caso a me, ai miei
dettagli, qualcuno che mi ammirasse come se
fossi un dipinto o un goal della storia fatto al

novantesimo minuto, qualcuno che si ricordasse
cosa mi piace e cosa invece detesto, qualcuno
che conosce le mie imperfezioni, le cicatrici
che spesso tendo a nascondere.
Vorrei sentirmi apprezzata e conosciuta (non in
quel senso eh), vorrei non spiegarmi ogni volta
ma bensì essere capita al volo, qualcuno che si
accorgesse che non è una grande giornata per
me e ho bisogno di parlare di tutt'altro o non
parlare affatto perché un bacio o un semplice
abbraccio starebbe a sistemare tutto in maniera
di gran lunga migliore di diecimila discorsi
sulla filosofia e sulla vita.
Vorrei qualcuno che si sistemi nel letto con me
e mi riscaldi le mie mani gelide, facendomi
sentire meno dannatamente sola e sbagliata,
qualcuno che sappia quali tasti integrare e non
mi abbandoni quando la situazione sia
ingestibile.
Vorrei una sola singola volta, smettere di
fingere, smettere di far credere che io sia così
forte e accosciarmi fra le braccia di qualcuno,
perché nonostante tutto, nonostante io continui
a negare con tutta me stessa, ho un disperato
bisogno di essere amata, ma questa volta amata

per davvero fino in fondo.
Ho lottato con me stessa, ho fatto guerre
interiori.
Non dico che non sbaglio e nemmeno che sono
d'esempio, ma sono questa!
Ho imparato a mie spese quanto costa a volte
rispettarmi, quanto sia faticoso non ascoltare il
cuore quando è lui la maggior parte delle volte
a vincere sulla ragione!
Ho imparato sulla mia pelle il significato della
delusione, dei tradimenti e delle menzogne. Mi
è costato caro curare tutte le ferite e restare
quella che sono.
Ho imparato a sorvolare su parole stupide,
dettate all'ignoranza e a non farmi carico di un
pensiero che non rispecchiasse la verità.
Ho capito come sganciarmi definitivamente da
quelle strette di mano che arrivano solo allo
scopo di trascinarti in basso con loro.
Io non voglio essere diversa da quella che sono,
io sono consapevole che il mio percorso ha
fatto in modo che la mia personalità diventasse
fortissima e a volte fin troppo, ma io oggi, sono
questa.
Sono una persona che conosce alla perfezione i

suoi limiti, i suoi difetti e le sue parole, ma
conosce bene anche i suoi pregi, le sue doti e le
sue qualità.
Consapevole al cento per cento dei suoi punti
deboli, ma anche dei suoi punti di forza e di
riferimento.
Mi dicono che credo troppo nelle persone, mi
dicono che sono troppo buona e la gente mi
ferisce per questo.
Mi dicono di cambiare, che la mia dolcezza
rende la gente felice e potente perché sanno di
potermi fare del male anche solo non
ricambiando il bene, e perché spesso quando le
persone vedono negli occhi di qualcuno la
fragilità, si sentono forti, e più le persone si
sentono forti più potrebbero diventare dei
mostri.
Mi dicono che andando avanti così soffrirò da
morire.
Devo essere più concreta; in poche parole devo
fregarmene di quello che dicono gli altri...
Non sono mai andata bene a tutte le persone
che avevo intorno e ricordo che provavo a
scendere a dei compromessi limitando dei lati
di me che potevano risultare fastidiosi.

A volte provo un senso di vuoto che non so
spiegare, persino nei momenti belli, persino
quando sto bene.
Certe volte ho questo senso di vuoto che non
riesco a definire, come una vertigine, una
voragine nello stomaco, come una malinconia
che all'improvviso arriva e non riesce a
scomparire.
A volte mi sento sola senza sapere il perché,
anche se sono circondata dalle persone a cui
voglio più bene e non mi viene più da sorridere
e il paradosso è che più mi sento sola più mi
isolo, più avrei bisogno di un abbraccio più mi
scanso, più sono triste più mi rattristo.
Certe volte ho un senso di vuoto nello stomaco,
e a volte penso che sia il passato di tutte le
parole non dette che ancora pesano, tutte le
lacrime che non ho pianto, tutte le parole che
mi hanno ferito, ma soprattutto quelle che non
ho detto per non ferire gli altri, tutte le
mancanze che si accumulano e poi non ti
lasciano e certe volte ti "mordono" lo stomaco.
Siamo fatti così, la vita ci colpisce forte e non
ci fa respirare, e allora noi ci prendiamo i
ricordi, le mancanze, gli addii, gli arrivederci,

le immagini felici, e ci chiudiamo in un mondo
solo nostro fatto di buio e di incertezze, di
tramonti che non hanno colore.
Ci teniamo tutto dentro per non sapere nulla di
ciò che c'è fuori, e nulla ci tocca, nulla ci fa
male, nulla è dolore, nulla è emozione.
Ma noi siamo fatti di emozioni che ci teniamo
dentro per paura, e la paura è la cosa più brutta
di questo mondo perché ci sconfiggerà sempre,
finché non capiremo che non esiste, che siamo
noi la nostra paura e siamo solo noi il nostro
limite.
Eh bene si siamo arrivati al 2020...
Se dovessi pensare all'anno passato ricorderei le
persone che ho vissuto.
Ho capito che "vivere" qualcuno lascia sempre
una traccia dentro.
365 giorni, tanti occhi, tanti, tantissimi sorrisi,
qualche lacrima forse, carezze e graffi; mi porto
i ricordi, mi porto le notti, mi porto persino il
disordine.
Quel disordine dentro la stanza, quel disordine
dentro il cuore, quel disordine dentro la testa.
Semplicemente quello che rappresenta la mia
vita, quel disordine che caratterizza persino i

miei rapporti.

Quindi 2019 grazie per il disordine, perché ho capito che non voglio qualcuno che porti ordine in quella che sono, ma voglio qualcuno che sappia condividere il mio stesso disordine.

Se dovessi usare una parola allora direi decisamente Disordine.

Come tutte le persone che ho dentro, tutte in disordine, ma tutte in un posto preciso, in un posto in cui ho amato, ho perduto, ma soprattutto che ho "vissuto".

A te vita, mi auguro di non cadere, ma so già che succederà tante volte. Ma ho dei buoni propositi sai?

Non voglio far dipendere più le mie emozioni da qualcuno, certo, questo lo dico ogni anno, ma alla fine finisce che qualcosa vada storto, ma ci proverò lo stesso.

Voglio qualcuno che scelga me nonostante tutto. Voglio non dover essere mai in competizione per amore, voglio smetterla di aspettare.

Voglio smetterla di perdonare, tanto a cosa serve?

Le persone quando capiscono che possono

ferirti, lo fanno ancora e ancora.

Voglio iniziare l'anno scegliendo me, voglio scrivere questa pagina dicendo a me stessa che qualcosa valgo, ho parecchi difetti che non si possono nemmeno contare, ma anche io so farlo. So amare anche io.

Voglio smetterla di darmi colpe che non mi appartengono. Voglio non dover più insistere, ma lasciare andare. Sì, voglio lasciare andare le persone che non vogliono restare, basta preghiere, basta sentirsi soli perché qualcuno dimentica che io esisto.

Cara vita scelgo me in questa pagina, perché in fondo anche io merito di essere felice. Merito qualcuno che mi dica che anche io posso essere la felicità di un'altra persona.

Quest'anno mi sono innamorata per la prima volta e ci ho messo tutta la forza che avevo, volevo solo una cosa e ho lottato per averla e ho sbattuto la testa contro il muro ottantamila volte e alla fine non ha funzionato, perché l'amore è leggero, è spontaneo.

Quest'anno ho dato duemila baci, ho visto i miei amici felici.

Ho mangiato tanti panini al mc, ho cambiato

telefono.

Quest'anno ho passato almeno trenta notti in bianco, ho preso più di cento caffè in migliaia di bar diversi.

Io non ho bisogno di molto: ho bisogno delle piccole attenzioni, dei risvegli allegri, delle risate insensate che non sono mai inutili, degli occhi che scavano, delle mani che parlano, delle bocche che tremano e non sacco il perché. Ho bisogno di qualcuno che abbia la voglia e non dico la forza, né la pazienza, ma solamente la voglia di provare a capirmi in tutti i modi possibili, ho bisogno di qualcuno che muoia dalla voglia di conoscere ogni parte di me e soprattutto quella più nascosta, di trovare il motivo che c'è dietro agli sguardi tristi; che muoia dalla voglia di inciampare nel mio passato, di prendere i drammi e trasformarli in bei racconti da raccontare intorno al fuoco per far ridere qualcuno, che ridere fa bene, soprattutto se insieme.

Mi serve qualche certezza sparsa qua e là e un mare di parole da lasciare andare per fare spazio ai gesti contenti, e mi servono le coperte condivise quando fuori diluvia e le stelle come

compagnia a una notte feroce di promesse
inattese.
Ho bisogno di qualcuno che se c'è da
combattere combatte, che non si tiri indietro
mai e che mi riesca a togliere il respiro in un
attimo.
"Non tutti hanno il tuo stesso cuore".
Ho letto spesso questa frase in giro e non l'ho
capita davvero fino a che non lo vissuta io
stessa.
All'inizio della corsa, parti col cuore puro, poi
te lo calpestano, ci camminano sopra come se
non avesse importanza, come se non fosse tutto
ciò che hai e ti è rimasto.
Poi incontri qualcuno e ci giochi il cuore; sei
pronta a dare tutto e pensi che non potrebbe
mai ferirti perché tu non lo feriresti mai, ma
non tutti hanno il tuo stesso cuore, mi dicevano
gli altri.
Mi dicevano di non fidarti, di non aprirti, stai
sempre un passo indietro, non affezionarti
subito.
Io mi chiedevo come si faccia ad amare senza
entrare dentro a due occhi per davvero; come
sia possibile tenere sul serio a qualcuno senza

aver paura di perderlo, come si possa amare
senza metterci il cuore.
Quelle come me sono capaci di grandi amori e
grandi collere, grandi litigi, grandi pianti e
grandi perdoni.
Quelle come me non tradiscono mai; quelle
come me hanno valori che sono incastrati nella
testa come se fossero pezzi di un puzzle dove,
ogni singolo pezzo, ha il suo incastro.
Niente per loro è sottotono, niente è
superficiale o scontato; non gli amici, non la
famiglia, non gli amori che hanno voluto, che
hanno cercato, difeso e supportato.
Quelle come me regalano sogni, anche a costo
di rimanerne privi.
Quelle come me donano l'anima perché,
un'anima, da sola è come una goccia d'acqua
nel deserto, quelle come me tendono la mano
ed aiutano a rialzarsi, pur correndo il rischio di
cadere a loro volta.
Quelle come me cercano un senso all'esistere e,
quando lo trovano, tentano ad insegnarlo a chi
sta solo sopravvivendo.
Quelle come me inseguono sempre e solo un
sogno: quello di essere amate per ciò che sono

e non per ciò che vorrebbe fossero gli altri.
Quelle come me girano il mondo alla ricerca di
quei valori che, ormai, sono caduti nel
dimenticatoio dell'anima. Quelle come me
vorrebbero cambiare ma, il farlo,
comporterebbe nascere di nuovo.
Quelle come me sono coloro che tu riesci
sempre a spezzare il cuore perché sai che ti
lasceranno andare via senza chiederti nulla.
Quelle come me amano troppo pur sapendo
che, in cambio, non riceveranno altro che
briciole.
Quelle come me passeranno sempre inosservate
ma sono le uniche che ti ameranno davvero.
L'abitudine è la più infame delle malattie
perché ci fa accettare qualsiasi disgrazia,
qualsiasi tipo di dolore e di morte.
Sono quel genere di ragazza che ci rimane male
per le piccole cose, anche per delle sciocchezze
a volte, e spesso mi rimprovero io stessa per il
mio atteggiamento e per il mio carattere.
Sono quel genere di ragazza che sta male
quando una persona, a cui tengo, non risponde
ai messaggi, o si comporta come se non le
importasse affatto di me.

Quel genere di persona che farebbe di tutto per te, per gli altri, che darebbe il meglio per chi se lo merita, ma quando supera il limite, sa anche riprenderselo.

Per abitudine si vive accanto a persone odiose, si impara a portare le catene da soli, a subire ingiustizie, a soffrire.

L'abitudine è il più spietato dei veleni perché entra in noi lentamente e silenziosamente, cresce poco a poco nutrendosi della nostra consapevolezza, e quando scopriamo di averla addosso ogni fibra in noi si è adeguata, ogni gesto si è ormai condizionato.

Se avrò una figlia le insegnerò ad essere se stessa, a ricordarle di sorridere anche quando non sarà affatto facile. Le insegnerò che l'amore non è come lo raccontano le favole, ma la spronerò a conoscerlo, quello vero intendo, a viverlo momento per momento.

Le dirò che il tempo non cancella niente, ma che, a volte, aiuta a stare meglio. Le insegnerò ad amare prima se stessa e poi gli altri. A non accontentarsi di chiunque.

Le insegnerò ad asciugarsi le lacrime dopo ogni pianto. Le insegnerò che spesso il bene che

darà non sarà ricambiato dallo stesso bene.
Ci sono cose che mi auguro che viva per
davvero, e altre che si limiti a conoscerle.
Le insegnerò a non arrendersi, a prendersi in
braccio a portarsi in salvo, perché ahimè spesso
sarà da sola a doverlo fare. Le insegnerò in
fine, che le cicatrici hanno una storia e che ad
ogni modo saranno sempre una vittoria.
Sapete di cosa ho bisogno?
Io ho bisogno di divertirmi, voglio una persona
matta quanto me, che mi prenda e balli con me
nonostante la pioggia.
Voglio scherzare, voglio scendere di notte e
scavalcare case, andare sulla spiaggia e ballare
a piedi nudi, magari anche buttandosi tra le
onde del mare nonostante l'inverno, nonostante
i vestiti.
Voglio qualcuno che mi consumi di baci, che
canti con me a squarciagola fregandosene di chi
c'è intorno, voglio qualcuno che mi porti tutte
le schifezze del mondo e non mi dica "sei
bellissima", ma che invece mi dica "con te sto
bene", questo mi basta.
Voglio qualcuno che faccia il bambino con me
e che mi porti sull'isola che non c'è...

Non voglio fare pazzie per amore, voglio qualcuno che faccia pazzie con me.
Secondo me uno inizia a scrivere è perché non sa dove mettere le parole che non riesce a dire, un senso di insoddisfazione, di tristezza perenne; secondo me è quella persona che non sa stare al mondo proprio benissimo, che ha sempre più pensieri di quelli che riesce a sostenere, che ha paura di un sacco di cose.
È anche qualcuno che non sa dove mettere quella sensibilità e spensieratezza che a tratti non sopporta, che gli rende la vita difficile ma soprattutto più intensa.
Non sono mai stata spensierata al 100%, non mi sono mai sentita libera dalle mie stesse paranoie.
Secondo me io stessa ho iniziato a scrivere perché qualcosa mi scoppiava nel cuore, come se avessi avuto un tappo per ogni emozione fino a che non ho preso carta e penna tra le mani, e poi è scoppiato tutto su un semplice foglio.
Vorrei sapere che cos'è la leggerezza delle cose e a tratti comincio a scoprirlo, per il resto del tempo mi convinco che non posso ascoltare chi

mi dice che devo stare tranquilla, godermi le
cose e non farmi attraversare da niente e
nessuno.
Caro tempo, dicono che tu decidi tutto: crei le
attese, lasci i momenti in sospeso, fermi i cuori,
rallenti i respiri e crei le mancanze.
Siamo convinti che tu duri per sempre e poi
d'improvviso sparisci lasciandoci senza nulla
tra le mani. Dovremmo goderci quello che
abbiamo, non sprecarlo, non dire "dopo" se
possiamo amarci "adesso".
Smetterla di perdere tempo, e iniziare a vivere.
Smetterla di non dire "ti amo" o "ti voglio bene"
e stringere al petto le persone a cui teniamo.
Tu, tempo, dovresti insegnarci a non lasciare
nemmeno un secondo in sospeso e vivere la
nostra vita a pieno, invece non ti ascoltiamo,
lasciamo in sospeso le persone, le cose, gli
abbracci, i momenti e la vita stessa. E poi ci
voltiamo, ci arrabbiamo perché avremmo
potuto ma soprattutto voluto fare di più.
Scusaci se non sappiamo andare a ritmo coi
battiti dei nostri cuori.
Sono una persona estremamente insicura di sé,
non sempre mi piace quello che faccio, perché

credo sempre che sia troppo poco, perché io stessa mi sento troppo poco.
Questo mi porta spesso ad essere fredda e restare sola la maggior parte delle volte.
Mi chiudo in me stessa e penso, penso fino a farmi male semplicemente con i pensieri. Sono molto timida, alcuni lo scambiano per mancanza di interesse o freddezza, ma non è così, gli altri non sempre sanno cosa vuol dire essere una ragazza timida e a volte introversa.
Ho paura di fare scelte sbagliate, tanto che a volte ci metto una vita a scegliere, anche solo il gusto del gelato per farvi capire.
Passo da momenti di eccessiva riflessione ad altri semplicemente di follia.
Ho sempre paura di disturbare, costante paura di sbagliare in tutto quello che faccio. Mi blocco anche quando vorrei fare nuove amicizie e nuove esperienze.
Penso troppo alle conseguenze e rimango ferma dove sono, senza rischiare.
Dicono: "è l'adolescenza!", ma quanto dura questa adolescenza?
Ho bisogno di novità, di qualcosa che renda le mie giornate diverse, meno monotone, ma in

realtà mi sveglio la mattina e non ho niente da
aspettarmi, che mi dia un motivo per alzarmi
dal letto; ed è colpa mia, io che non ho niente di
speciale, se non il superpotere di fare
confusione in tutto e con tutto ciò che ho
attorno a me.
Vorrei riuscire a fregarmene di tutto e a volte ci
riesco pure, anche se non so come...
Vorrei sciogliermi, uscire dalle regole che io
stessa mi auto impongo anche senza criterio e
liberarmi dalla parte di me stessa che non mi
piace.
L'ultima perdita mi ha portato via il sonno, le
lacrime, i giorni spensierati e la fame perenne,
ma mi è servita, mi ha rafforzato.
Oggi faccio fatica a credere nel bene promesso,
alle belle parole e ai gesti d'affetto.
Chi mi dice "Io per te ci sono" deve
dimostrarmelo ogni giorno, non sono all'inizio.
È come se dentro me ci fosse un muro
invalicabile e sembra che nessuno qui riesca ad
abbatterlo.
Io voglio scuotermi, voglio far crollare questo
muro. Voglio presenza, ma presenza vera.
Sono la ragazza che ci resta male per un non-

risposta, per una chiamata rifiutata, per un
visualizzato di troppo, per un invito rifiutato,
per un insulto senza motivo, per una frase
bellissima ma detta dalla persona sbagliata.
Sono la ragazza che se ti vuole bene ti dà
l'anima e che se è incazzata ti mangia vivo.
Sono la ragazza che ama le risate, le parole
dolci, non troppo, le conversazioni di notte, gli
abbracci improvvisi.
La ragazza che fa sempre gli stessi errori, che
alla fine per abitudine non sono più errori. Sono
la ragazza che ha mille difetti e pochi pregi.
Sono questo tipo di ragazza che se la gente mi
vuole mi deve prendere e accettare così senza
cercare di cambiarmi e farmi diventare un'altra
persona.
Credo in chi sbaglia pensando di fare la cosa
giusta, credo in chi si ricrede, in chi lotta per le
sue idee, per le sue scelte, e credo anche che, se
la vita non ti soddisfa, tu possa cambiarla, come
i jeans che dopo un po' stanno stretti, e credo in
chi ha il coraggio di buttarli, non in chi sceglie
di dimagrire per paura di reagire.
Penso che gli esami di coscienza siano i veri
esami di maturità, che nella vita bisogna essere

maestri e non professori.
Io credo in chi ama senza vergogna un bianco,
un nero, una donna, un uomo; perché al di là
della provenienza, del sesso, certe persone ti
insegnano ad amarti semplicemente facendoti
sentire migliore.
Comunque, credetemi, è difficilissimo ripartire
dopo una sconfitta, è davvero qualcosa che va
oltre ogni fottuta capacità umana. Sembra
facile, certo, a parole siamo bravi tutti. Molte
volte mi sono ritrovata nella posizione di dire a
qualcuno pensa a te stesso e tante, anzi,
tantissime volte questo 'pensa a te, abbi cura di
te' è stato detto a me; diamine quant'è difficile
rialzarsi e parlo in generale, figuriamoci
quando a buttarti giù è la stessa persona che
qualche tempo prima ti aveva fatto rinascere.
Beh, che dire, è davvero faticoso far finta di
niente, dire che va tutto bene anche quando le
cose fanno dannatamente schifo.
Vi auguro davvero di aver sempre la forza di
ricominciare, vi auguro di trovare sempre
qualcuno pronto a farvi da scudo, qualcuno che
vi porga la mano o direttamente la spalla.
Ora vorrei "scrivere" all'adolescenza...

Cara adolescenza, provo per te sentimenti
contrastanti ma di una cosa ne sono certa, sei
un periodo difficile, fatto di cambiamenti, di
difficoltà, di pensieri, ma rimani il momento
più bella della vita.
Sei quel periodo in cui il proprio corpo cambia
insieme alla mentalità, alla visione del mondo,
agli amici, sei quel periodo in cui la testa è
piena di sogni ma allo stesso tempo di domande
a cui è difficile darsi delle risposte da soli.
A volte si soffre tanto, si pensa che nessuno
riesca a capirti, a partire dagli adulti, così presi
dalle loro vite monotone e piene di
responsabilità da essersi dimenticati quanto sia
dura essere giovani in un mondo che spesso
non ti lascia nemmeno il tempo necessario per
capire chi sei davvero; e poi ci sono gli amori
non corrisposti, il non sentirsi apprezzati
abbastanza, il fatto di non essere abbastanza
"fighi" e vestiti alla moda per essere popolari.
Ma tu adolescenza non sei solo questo, sei quel
periodo in cui si scopre cosa ti piace davvero, il
periodo delle sbronze con gli amici di cui si
pente la mattina seguente, sei il periodo della
prima volta fatta con la persona che ti piace

così tanto che non riesci a farlo come vorresti
per davvero.

Tu adolescenza sei falò sulla spiaggia con una
chitarra in mano, sei compagni di classe con cui
ridi fino alle lacrime e con cui prendi note per
tutti i casini combinati insieme, sei brutti voti di
cui i tuoi spesso si lamentano, sei sigarette al
parco con la compagnia di amici che ti porti
dietro da una vita come un tatuaggio e da cui
non vorresti separarti mai.

Sei così strana, incasinata, cruda, eppure così
dolce, spensierata, fondamentale. Quando sarò
adulta e avrò una vita piena di responsabilità mi
mancherai così tanto, già lo so, perché
nonostante tutto, tu rimani il periodo più bello
di tutta la vita.

Le persone con cui trascorriamo la maggior
parte del nostro tempo hanno una grande
influenza su di noi.

Che ce ne rendiamo conto o meno, influenzano
il nostro modo di pensare, i nostri
comportamenti e le nostre convinzioni.

Uno dei più grandi desideri delle persone, e
anche il mio, è di essere accettate, e, per farlo,
si uniformano agli altri, ecco perché è

importante scegliere con cura chi frequentare.
Le persone che frequentiamo possono condizionare le nostre scelte, le nostre relazioni, il nostro aspetto fisico.
Lasciare al caso la scelta di queste persone è una mossa poco furba, mentre è opportuno circondarsi di amici che ricambiano il nostro affetto, che ci sostengono, che tirano fuori il meglio di noi, non il peggio.
Ci sono, tuttavia, situazioni in cui non possiamo scegliere liberamente chi frequentare; può trattarsi di colleghi, parenti, persone con le quali siamo legati da vincoli che per qualche ragione non possiamo sciogliere.
Accettare è la cosa più difficile, eppure ve lo assicuro che è da lì che riparte tutto il resto.
C'è un momento esatto in cui il cuore si rasserena, in cui lo stomaco inizia a sciogliere i suoi nodi riprendendo un aspetto umano.
C'è un momento esatto in cui ti accorgi che c'è di nuovo il sole, che inizia a far caldo, che la primavera se l'era presa comoda ma è arrivata tra colori e profumi.
C'è un momento esatto in cui capisci di non essere più un bruco anche se non sei ancora

diventata farfalla; eppure, stai bene così,
esattamente nel punto "non è ancora il
momento".
Noi emotivi, ragioniamo col cuore, siamo
disposti ad aprirci completamente con chi
crediamo che ne valga davvero la pena, ci
mostriamo per ciò che siamo, pregi e difetti,
spogliandoci di quel velo di insicurezze che
altrimenti portiamo sempre dietro.
Siamo disposti ad offrire tutto ciò che abbiamo,
per le persone che amiamo, a metterle al primo
posto a volte.
Così ci illudiamo di trovare qualcuno a cui
poter affidare il peso enorme che sentiamo
dentro al nostro cuore, qualcuno che sappia
meritarselo il nostro amore, tanto prezioso
quanto fragile, come un bicchiere di cristallo.
Ti senti appagata quando capisci che ne vale
davvero la pena di esporsi così tanto a
qualcuno, di chiudere gli occhi e lasciarsi
cadere nelle braccia di quella persona sapendo
che ti prenderà al volo.
Che poi è una cosa stupenda, non ci sono
dubbi, ma anche maledettamente rischiosa; sei
vulnerabile nel momento in cui riponi la tua

sicurezza nelle mani di un'altra persona; è terribile anche solo il pensiero di perderla quella persona così speciale, per poi rimanere soli.

Noi emotivi siamo insicuri.

Ci basta poco per essere felici: un bacio, un abbraccio, persino un breve messaggio se scritto dalla persona giusta al momento giusto.

I piccoli momenti, autentici, che in qualche modo ti fanno stare bene.

Non ci servono i grandi gesti, quelli su cui si basano i film: troviamo molta ma molta più soddisfazione in qualcosa di piccolo, ma sincero.

Ma per quanto possa sembrare bello essere felici con così poco, è altrettanto brutto essere tristi per qualcosa di insignificante, qualche cazzata che a molti non farebbe alcun tipo di effetto, ma che a noi rischia di distruggerci.

Basta che una singola cosa non vada come dovrebbe e noi crolliamo.

Spesso noi ci auto-convinciamo che le persone intorno a noi, quelle stesse persone che ci hanno dimostrato di volerci bene più di una volta, non siano così sincere fino in fondo.

Noi emotivi ci lasciamo influenzare, a volte fin troppo.

Il problema è che le parole degli altri non riusciamo proprio a togliercele dalla testa.

Ogni cosa prende vita, si colora di una sfumatura tutta sua, mentre in testa si forma un turbinio di pensieri che fa venire il capogiro.

Servirebbe a volte sdraiarsi a letto, chiudere gli occhi per una mezz'ora e cercare di fare ordine nella propria mente.

Ci lasciamo influenzare da un commento negativo che non se ne vuole andare via, e continua a tormentarti e farti visita di notte quando vorresti solo dormire e a non lasciarti in pace.

Magari poi non è tutta questa gran cosa: può essere una battuta detta per ridere, o una mezza frecciatina, o qualche commento di uno che poi non ti conosce neanche e non avrebbe nessun diritto di farti rimanere male, però tu ci rimani male lo stesso.

Per non parlare dei ricordi: ci lasciamo influenzare dai vecchi ricordi che vorremmo dimenticare, esperienze passate, fallimenti memorabili che ti fanno venire una malinconia solo a pensarci.

Come si fa a lasciare alle spalle qualcosa? Qual è il segreto di quelle persone che si buttano sempre in tutto ciò che fanno, senza rimorsi, senza aspettative, senza farsi due mila paranoie inutili?

Che poi lo sanno pure gli stupidi, che se nella vita non ti butti, e non rischi neanche un po', alla fine non combinerai mai niente di cui poterne andare davvero fiero.

Noi emotivi piangiamo, tanto.

Che siano le lacrime di gioia dopo una bella sorpresa o quelle disperate dopo un pesante litigio.

Ma sapete cosa? Noi emotivi non sappiamo neanche litigare, perché durante un litigio noi non facciamo altro che pensare a dove abbiamo sbagliato noi, a come possiamo rimediare.

Noi emotivi sappiamo ascoltare.

Siamo empatici, ci mettiamo sempre nei panni degli altri.

A volte leggiamo online qualche notizia, un articolo su un ragazzo magari vittima di bullismo, che per questo motivo è arrivato persino a togliersi la vita, ci restiamo sempre di

sasso, la foto del suo viso ci tormenta per ore,
nonostante magari non lo conoscessimo
neanche fino a qualche minuto prima.
Ci credete nei ritorni?
Si dice che chi ama non parta mai, ma non
credete possa succedere? Di sbagliare intendo,
può succedere a tutti no?
Va via perché credi che sia giusto, va via perché
per quanto stupido possa essere, pensi che
andarsene sia la soluzione migliore per tutte e
due, ma scegliere per due è la cosa più difficile,
perché non sempre si fa la cosa giusta.
Ma io credo che si impari dagli errori, no?
Capisci che non sempre tutti noi facciamo la
scelta giusta, che siamo umani e che amiamo e
sbagliamo, e lo facciamo perché non abbiamo
davvero il controllo delle nostre emozioni.
A volte feriamo le persone, a volte le salviamo,
a volte pensiamo di ferirle o pensiamo di
salvarle con le nostre scelte.
Amare vuol dire a volte anche sbagliare, ma
amare, vuol dire soprattutto tornare indietro e
riprendersi, tornare indietro e venire a
riprenderti tutto quello che era tuo.
Immagino che il motivo per cui i nostri nonni

duravano 50 anni insieme fosse perché non avevano 3,453 persone a propria disposizione come 'seguaci' dando pareri.

Perché sappiamo tutti che sarà più perfetta. Oggi, quando una relazione ha problemi, semplicemente ci consoliamo con il fatto che abbiamo 'più opzioni' e più persone a cui piacciamo.

Ci sono studi che indicano che una relazione seria di questi tempi a causa del cattivo uso della tecnologia e delle informazioni, ha una durata massima di soli 2-3 anni.

Perché sappiamo quanto sia facile e normale sostituire. Senza capire che amare è l'unica cosa per cui vale realmente la pena di vivere.

Alla fine si arriva ad un punto di rottura.

Volete sapere cos'altro ho imparato?

Ho imparato che per quanto tu voglia, per quanto tu ci provi a rimanere dentro la vita delle persone non c'è niente che puoi fare se queste persone nella loro vita non ti vogliono; e tu ti fai in briciole il cuore quando si rompe del tutto, ed è lì che arriva il punto di rottura.

I punti che diamo alla vita arrivano dopo un sacco di virgole, ci diciamo di andare ma non

andiamo mai davvero via, diciamo di odiare,
ma continuiamo comunque ad amare, diciamo
basta, ma ci diamo un'altra occasione.
Ho imparato che non ho mai preso la strada più
corta, la più semplice e la più ovvia.
Non sono mai caduta nel vortice dell'invidia,
non sono stata ingoiata nel falso, dalla
menzogna, non sono stata artefice volontaria di
manipolazioni.
Mi è capitato di ricevere l'opposto, ma non ho
mai preso in considerazione di diventare o
infliggere su tutto questo.
Dicono che il modo più semplice di non subire
qualcosa è farlo, ma io detto sinceramente non
sono affatto portata.
Credo che per ognuno di noi ci sia una grande
"ruota": a volte si sta a testa in giù, altre all'insù.
Quello che però ho realmente imparato è che se
semini fiori raccogli fiori, se semini spine solo
spine raccoglierai.
Ho sofferto come tutti e tante volte ho avuto
paura di non farcela. Ho creduto per un attimo
che la mia vita fosse finita, che non ci fosse più
una possibile rinascita.
Oggi non sono più la stessa persona di ieri, e

quanta fatica ho fatto per accettare questa
nuova me.
Sono sempre stata molto razionale nella vita,
forse sono la persona che ci crede meno agli
amori delle favole...e nemmeno ai sogni ci
credo così tanto, perché la maggior parte di
questi non si realizzano; ma credo e penso che
la nostra vita non sia praticamente nulla senza
l'amore e senza i sogni.
Il più ambito posto di lavoro non vale nulla se
poi dopo una giornata torni a casa e non trovi
nessuno che ti aspetta, la somma più grande di
denaro non ha poi così tanto gusto se non hai a
fianco a te una persona che ami con cui poterla
condividere.
Credo che l'amore sia l'unica cosa che ci faccia
andare avanti, l'amore per la famiglia spinge un
padre ogni giorno ad andare a lavorare per una
vita dignitosa; l'amore tra marito e moglie li
aiuta a condividere nel corso degli anni a tenerli
uniti difronte a tutte le difficoltà fino ad
invecchiare insieme.
Ho imparato che non tutti i giorni sono uguali:
ne esistono alcuni fatti per correre, altri per
riposare, quelli per pianificare e giorni diversi

invece per mettere tutto in pratica.
Esistono anche quelli per mettere in pausa, altri
per ravvolgere il nastro e alcuni dove devi
impegnarti per riuscire a mandare tutto avanti.
I propri tempi vanno bene, sono rispettabili, ma
non è qui che devi nasconderti per rimandare
cose che non avrai il desiderio di fare né oggi,
né mai.
Ho imparato che arrancare con un progetto che
non si ama, ruberà tempo per coltivare ciò che
invece ti renderebbe realmente felice e pieno di
vita.
Ho imparato che la quotidianità ti fa cogliere i
veri petali e le vere spine, Ti fa conoscere la
vera essenza di chi hai accanto.
Per essere sincera io ho sempre provato fascino
per le cose scoperte a metà, per le cose non
leggibili per intero; le cose dove bisognava
impazzire per guadagnare, tenere, scoprire e
capire.
Ho imparato che è brutto vedere gli altri che se
ne vanno, così come è brutto scoprire che
siamo noi ad essercene andati senza che ce ne
siamo accorti.
Tutto ciò che finisce a prescindere da chi lo

interrompe è una spaccatura, una piccola o
grande sconfitta.
Ho imparato il senso delle piccole cose, il peso
della semplicità, l'importanza della quotidianità.
Avere la propria quotidianità, i propri rituali,
avere qualcosa nella propria vita da amare per
la sua semplicità.
Sentire che le piccole cose riescono a rendere la
vostra vita più grande.
Ho imparato che prima di cercare il contorno,
bisogna avere la base, che prima di rendere
felici gli altri, bisogna esserlo in prima persona.
Ho imparato che l'importante è non tradire sé
stessi. Non sopportare più di quello che
possiamo, non raccontarsi storie alle quali non
crediamo, non fingere di capire cose che
assolutamente non comprendiamo.
Ho avuto paura che nessuno capisse mai le mie
paure, i miei momenti no, i miei silenzi
mattutini, le mie insicurezze e la mia "gelosia".
Ho avuto paura che nessuno capisse la mia
continua necessità di contatto, dei tanti baci, il
bisogno di abbracci, il richiedere attenzioni,
volere rassicurazioni.
"Mi ami?"

"Quanto ti manco?"
"Mi vuoi bene?"
Quasi come un intercalare: come fossero dei
piccoli punti, dei salvataggi, come quando
modifichi il file, poi premi salva. Così io, ogni
tanto ho bisogno di mettere uno "stop".
Salvare, essere sicura che non si possa tornare
più indietro di quel salvataggio. Avere la
sensazione che se dovesse scoppiare il sistema,
avrei un'ultima versione alla quale
appoggiarmi.
Ho avuto paura che nessuno capisse la mia
rigidità, il mio essere intransigente in alcune
situazioni, il mio voler puntare i piedi quando
so che se deglutissi una sola volta in più,
tradirei prima di tutto me stessa.
Io non tradisco gli altri, ma non voglio farlo
neanche a me. Ci sono cose che non potrei mai
accettare, perché se lo facessi, significherebbe
lasciarvi un pezzo di me, per farvelo
accartocciare e poi buttare via.
Ognuno ha una soglia che non deve essere
oltrepassata e ho avuto più volte paura che la
mia fosse troppo bassa, che le mie aspettative
fossero troppo alte e che non sarei mai riuscita

ad alzare la prima e abbassare la seconda.
Io credo che ognuno abbia il proprio luogo. Il posto dove abbiamo sentito il bisogno di perderci per ritrovarci.
Così come credo che ognuno abbia la propria truppa. Quella che ti permette di sbagliare strategia per poi sceglierne un'altra, sperando sia quella vincente, subito dopo.
Partire amando qualcuno, tornando amando sé stessi. Credo che una vecchia me sia rimasta in fondo a quella strada; ho guardato il tramonto più bello che abbia mai visto mentre pochi chilometri più in là decollava un aereo che portava via ciò che non volevo più della vecchia me.
Io non ci credo che nella vita vince chi si tiene tutto dentro, chi non si fa toccare dalle cose che succedono e che gli passano dentro e intorno, io credo che sia forte invece, chi non si nasconde dietro l'immagine imbattibile di qualcuno che non è e che non è mai stato; io credo che sia forte chi non si vergogna dei sentimenti che prova, chi si mostra fragile, chi si mostra per com'è, chi lo dice che ci tiene e chi lo dice che sta male.

Io credo che le persone migliori siano quelle
trasparenti, che non hanno paura delle loro
stesse paure e che te le sanno mostrare.
Ho sempre pensato che non fosse vero che gli
orgogliosi hanno più dignità di tutti gli altri, è
una vera stronzata (scusate il termine): è
dignitoso chi non si fa del male trattenendo
quel che vorrebbe dire, è dignitoso chi non si
pente di essere ciò che è.
A testa alta, sceglie di non essere cinico e
totalmente indifferente, chi sceglie di farsi
attraversare completamente dalle cose che
accadono, chi sceglie di non spegnere il fuoco
che ha dentro, a costo di apparire ridicolo e
patetico.
Non voglio imparare a non avere paura, voglio
imparare a tremare. Non voglio imparare a
tacere, voglio assaporare il silenzio da cui ogni
parola vera nasce.
Non voglio imparare a non arrabbiarmi, voglio
sentire un fuoco, circondarlo di trasparenza che
illumini quello che gli altri mi stanno facendo e
quello che invece posso fare io.
Non voglio accettare, voglio accogliere e saper
rispondere. Non voglio essere buona, voglio

essere sveglia. Non voglio fare male, voglio imparare a dire: mi stai facendo male, smettila! Non voglio essere un'altra me, voglio adottarmi tutta intera.

Non voglio pianificare tutto, voglio esplorare la realtà anche quando fa male, voglio la verità di me. Non voglio insegnare, ma semplicemente accompagnare.

Una sola parola: 2020... Quando tutto il mondo si è bloccato mi sono fermata un secondo anche io. Ho guardato dentro di me e ho capito che era lì che avrei dovuto costruire il posto più accogliente di questo mondo.

Non è stato facile però; ho scoperto che ciò che rimane sempre con me è come io vivo la vita, non i posti in cui vado, non le persone che incontro per strada, ma come io mi relaziono ad esse.

Ho dovuto fare un grandissimo lavoro su di me come non avevo ancora mai fatto.

Avevo convinzioni sbagliate e tante fragilità. Cercavo risposte ovunque per poi capire che troppe domande sono frutto di poca vita.

Quando sei impegnato a vivere, hai solo il tempo di chiederti "si" o "no".

E qualsiasi strada prendi o incroci, non temere
è quella giusta perché al momento ti sta
solamente insegnando qualcosa.
La vita mi chiedeva di essere forte, di fare
scelte, di proseguire, ed io non ero abituata a
stare da sola con me e chiedermi "cosa vuoi
fare?". Sentivo di ascoltare troppo quello che
era giusto, per poi chiedermi se è giusto ciò che
fa sembrare tutto in ordine o ciò che ti fa sentire
viva e presente in questo mondo?
Ed è in quell'esatto momento in cui ho iniziato
ad ascoltare per davvero il mio istinto.
Ma prima ho affrontato momenti bui in cui mi
sembrava di vivere sempre lo stesso giorno tutti
i giorni, cercavo solo un po' di luce che entrasse
e stravolgesse tutto.
Poi è arrivata, è arrivata quando non mi sono
accontentata, quando ho iniziato a rischiare ma
prima ancora a capirmi, ad amarmi.
Non mi sarei più voluta definire, fermarmi:
fermarsi è lo sbaglio più grande, e lo sbaglio
più grande è l'unica cosa che non si dovrebbe
mai fare; devi avere il tempo di attutire i colpi
ma poi alzati perché quei colpi non ti
definiscono, ti stanno solo dicendo "grande ci

hai provato ma ora provaci ancora ma questa
volta fallo come vuoi tu".
Non esiste una regola per vivere. Ho imparato a
dire NO, a ridere dei miei stessi casini, a stare
bene da sola, a dare meno importanza agli altri
e piano piano imparo a fidarmi di nuovo.
Ho imparato che non tutti ti capiranno e va
bene così non devi spiegare la tua grandezza a
chi ha un metro di giudizio troppo piccolo.
Ho fatto i conti con il dolore, viene e ti fa male,
e prima di andare via ti insegna a voler bene
alle proprie emozioni che verranno.
A lasciare andare chi ha voluto scivolare
lentamente via, e a provarci ancora un po'
quando lasciare andare non lo sentivo per
davvero.
Ho pianto tantissimo. Ma l'ho fatto perché
qualcuno mi aveva ferita, non perché in me non
andasse qualcosa e anche questo ho capito. Se
non sono triste per la mia vita, per i miei amici,
per me stessa, perché devo permettere che la
tristezza che proviene da altro possa diventare
un modo di vivere le giornate.
Ma anche questo non si smette mai di capirlo a
quanto pare, ho sbattuto la testa e

probabilmente non me la sono rotta abbastanza
per capire; ma in fondo va bene così no?
Spesso mi chiedo... "perché avere paura?"
Paura del giudizio altrui, di non risultare ciò
che realmente siamo a chi ci circonda, paura
costante di sbagliare, ferire, anche se proviamo
sempre a dare il massimo affinché non accada.
O al contrario, paura di arrivare a quel punto in
cui può passarci per la mente quella tipica e
conosciuta frase "adesso sono fregata",
soprattutto per amore, quando ti accorgi di aver
trovato la persona che porterai per sempre nel
tuo cuore e che non dimenticherai mai
indipendentemente da come andrà a finire.
A quel punto ti farà stare bene anche solo un
semplice e piccolo ricordo. O magari quando
stai male e sei delusa, da tutto e da tutti, e pensi
che rimarrai a piangere tutto il tempo nel letto,
a cercare di lottare per qualcosa che non
riuscirai mai ad avere e cercare di recuperare la
te di un tempo, ma tutto ciò è sbagliato.
A prescindere da come e quanto la paura possa
sovrastare i nostri pensieri, il nostro carattere, il
modo di affrontare la vita, giorno dopo giorno,
ci sarà sempre qualcosa ma anche qualcuno che

te la farà accantonare, come se non fosse mai esistita.

L'insicurezza, l'instabilità e tante altre emozioni negative, sono per lo più trasmesse da quello che noi stessi pensiamo debba essere perfetto.

Lo dimostra il fatto che da piccoli si è felici, spensierati, sinceri, ma soprattutto sicuri di sé e completamente liberi da tutto ciò che ci circonda.

Liberi dalle mille paranoie, pregiudizi, standard di bellezza da dover superare per essere all'altezza di qualcosa o di qualcuno, ma mi sono fermata a pensare e ho detto: "ma per chi?" per chi io, anzi, noi non possiamo essere quelli che siamo? Per quale motivo io devo essere giudicata in modo sbagliato e te persona dalle mille aspettative devi schiacciarmi?

Ho capito che spesso a noi piacciono gli amori da favola perché non sappiamo minimamente quale sia la loro vera storia, o di come siano arrivati a sembrarlo.

Ci piacciono i biglietti aerei fatti all'ultimo minuto, l'emozione che scorre oltre i finestrini dei treni, i messaggi nel cuore della notte che fanno rumore e ci portano via dal temuto

silenzio, gli abbracci che ci tengono stretti
quando siamo terrorizzati all'idea di non
riuscirci da soli.
Eppure, non abbiamo la minima idea di cosa sia
realmente successo prima di quell'istante di
felicità; una litigata furiosa per cui pentirsi, una
discussione troppo accesa, l'orgoglio che non sa
chiedere scusa, una rinuncia, un compromesso,
un'aspettativa delusa.
Crediamo che l'amore esista in un solo, unico
gesto e, in esso, siamo convinti di poter vivere
per sempre, dimenticandoci di tutto il resto.
Ma non dovremmo ricercare l'amore come
scusa per allontanarci il più lontano possibile
del nostro dolore. L'amore non è solo un
rifugio, una casa accogliente, un posto sicuro,
ma è uno strumento per abbracciare le nostre
paure per poi vincerle.
L'amore... un secondo per pronunciarlo, mille
emozioni per descriverlo e una vita intera per
viverlo.
Ormai, al giorno d'oggi, relazionarsi con altre
persone imbattendosi nel discorso dell'amore è
difficile, non perché ci faccia paura parlarne,
ma principalmente perché l'amore non è

nient'altro che un insieme infinito di sensazioni
per lo più soggettive, che spesso anche al solo
pensiero di poterle esporre a qualcuno,
involontariamente, subentra subito il dubbio
che l'altra persona possa mettere in discussione
prima di tutto il suo pensiero, ma anche la
persona che sei e sei sempre stata.
Io, sinceramente, penso che l'amore, proprio
come figura in sé, abbia perso valore agli occhi
di molti di noi, non è più quello di una volta,
dove le dimostrazioni non erano mai
abbastanza e dove le piccole attenzioni
valevano davvero più di mille parole; dico
questo perché spesso quando sento parlarne mi
accorgo che viene quasi sempre sottovalutato
con molta superficialità; viene visto come
qualcosa che provano ormai tutti e allo stesso
modo, ma io sinceramente non la penso così.
È vero ciò che scrive Fromm quando dice che
sentiamo il bisogno dell'amore nella nostra vita,
ma fin quando non si prova sulla propria pelle,
tutto quello che provano gli altri è
apparentemente relativo e sono arrivata a
pensare questo anche perché alcuni film, serie
TV, piuttosto che libri, spesso, trasmettono a

chi guarda, o in certi casi legge, ad avere
un'idea dell'amore quasi inesistente, irrilevante
o al contrario surreale e completamente
perfetto.
Per esperienza personale, posso dire di essermi
ricreduta e aver iniziato a non condividere più
alcune cose che sento dire o leggo al riguardo.
Io sono di tutt'altra idea, per me l'amore è
complicità, affinità, forza, felicità...ma anche
scontro, tensione e discussione e sono certa che
a tutti noi questo serva, perché l'uomo ha
bisogno di migliorare, e l'amore ci permette di
fare proprio questo; crescere, iniziare a
conoscere altri pensieri al di fuori del nostro,
capire quando si sbaglia e in tal caso, trarre
vantaggi dai propri errori, per questo amare, per
quanto mi riguarda, vuol dire principalmente
imparare.
Posso dire che intraprenderei la mia esperienza
altri miliardi di volte, proprio perché mi ha
insegnato a ragionare, a maturare, ma
soprattutto per prima cosa ad amare.
Aprirsi con una persona a tal punto da dire che
la si ama, spaventa e questo perché una volta
che ci si lega tanto, così tanto da voler far

conoscere qualsiasi parte di noi all'altra persona, al solo pensiero che potremmo un giorno perderla, abbiamo paura, tanta, ma infondo il bello è anche in questo.

L'amore è quel sentimento che anche se sappiamo che potrebbe farci soffrire, ogni volta che ce ne imbattiamo, indipendentemente da tutto, passando il tempo, ci rendiamo conto sempre di più che ci farà sentire vivi e questo perché in fin dei conti ci completa, come ho detto in precedenza, ne sentiamo il bisogno.

È bello pensare che un insieme di emozioni, piuttosto che opinioni che abbiamo per una persona a noi inizialmente sconosciuta, ci potrebbe permettere di poter far iniziare un nuovo percorso che inizialmente potrebbe renderci insicuri, spesso anche dubbiosi e pieni di mille paure e paranoie.

Fondamentalmente però, l'amore, ci rende fiduciosi di ciò che potrebbe essere tutto quello che potremmo vivere, abbattendo ogni nostro limite.

Rispondo quindi alla domanda di Fromm, L'amore è un'arte? Si lo è, perché ci rende vivi, affascinati e innamorati della persona che

abbiamo al nostro fianco permettendoci di amare anche ogni minino loro difetto.
Ho imparato che le persone spesso non se lo dicono: non si dicono che si amano, non si dicono quando smettono di farlo e non dicono che sono grate.
Non dicono che la notte non dormono, non dicono perché si svegliano spesso stanchi, non dicono perché si abbandonano alla leggerezza, perché sono silenziose, perché diventano irascibili.
Non dicono perché hanno paura, che è il reale motivo della loro sfiducia.
Ho imparato che ogni cosa non detta, che non abbiamo il coraggio di dire, è un mattone di freddezza e incomprensione.
Probabilmente hai gli occhi stanchi, e non sai più dove ti trovi. Giri continuamente per cercarti e finisci per perderti più di quanto tu non lo sia già.
Probabilmente hai amato troppo e a volte hai paura di non riuscire più a farlo.
Credi di aver donato già tutto ciò che sei in grado di donare.
Pensi di non avere più niente da parte neanche

in un angolino.
Probabilmente speri ancora nell'esistenza
nell'amore ma ormai non ci credi più.
Stare dentro casa ti tranquillizza ma avresti un
sacco voglia di uscire.
Studiare ormai non ti viene più così facile e ti
domandi perché il tuo problema ora debba
essere un semplice voto e non conoscere ciò
che realmente vuoi sapere.
Ti domandi spesso perché non scrivi più come
una volta e se ci provi nulla è più così fluido.
Ti chiedi perché ti appigli ad ogni briciolo di
emozione e forse a questo ti rispondi. Perché
hai paura di non provare più nulla.
Ti annoi di tutto facilmente e cerchi qualcosa di
diverso che sappia stupirti. Cerchi una canzone
che ancora non sai, una che ti porta a vivere
cose nuove e che non ti ricordi assolutamente
nulla.
Ti guardi allo specchio e a volte ti vedi bella,
altre vorresti cancellare ogni singolo tuo
lineamento.
Vorresti mangiare di meno ma sai che ti rende
più felice abbuffarti che una pancia piatta.
La domanda che mi pongo con più frequenza è:

"perché quando sto male ho paura di stare sempre peggio?" e l'unica cosa che vorrei in quel momento sarebbe proprio non stare male affatto e avere qualcuno al mio fianco che me lo impedisca.
Penso di aver trovato una risposta alla mia domanda. Il dolore che provi quando stai male, quando sei delusa e persa è solo e soltanto soggettivo e per molte persone, in questo caso me, è considerato trascurabile e spesso anche quasi indefinibile.
Questo perché in certi casi credo sia meglio tenere ciò che penso per me e non mostrare a persone esterne le mie possibili vulnerabilità permettendogli così di colpirmi e farmi cadere. Ma tutti stanno male e a volte è impossibile mascherarlo. Penso che niente e nessuno in quel momento debba impedirti in qualche modo di vivere quel che stai vivendo.
Tutto quello che senti, provi e rivivi pensando, come momenti che possono averti fatto stare bene, come male, che vorresti non finissero mai o al contrario che non vedi l'ora che terminino, è giusto che tu le abbia o le stie provando, è destino.

Questo perché tutto ciò che proviamo sono
certa che abbia un senso e questo lo dimostra il
fatto che tutto quel che ci succede
inconsciamente ci fa maturare e prendere
coscienza della vita in sé e di cosa o chi ci
circonda.
Sapendo cosa si prova, mi sento di dire che non
ci sarà mai nessuno, se non te stesso, che
riuscirà a farti andare avanti, trovare la forza, di
aprire gli occhi sulla realtà, di non esitare
quando capiterà occasione e di non tremare, ma
soprattutto non crollare nuovamente, davanti a
quella che è stata la causa del tuo inutile dolore.
Sentire di continuo persone, alcuni
considerabili quasi sconosciuti, altri familiari o
amici, che provano a spronarti nel fare qualcosa
che semplicemente non vuoi fare, renda la
persona che sei solo più vulnerabile sotto quasi
aspetto e indipendentemente da quanto possa
essere forte caratterialmente, piano piano,
inizierà a sentirsi solo giudicata, incompleta e
di poca importanza.
A quel punto ti ritroverai in un interminabile
tornado pieno di emozioni per lo più dolorose.
Ti sentirai un difetto, impotente e potresti anche

arrivare ad avere paura che questo possa permettere a chi ti circonda di giudicarti e deriderti ancora di più.

Niente di tutto ciò è giusto.

Sono una di quelle che non tieni in un angolo, perché detto fra noi se voglio stare in disparte mi ci metto da sola.

Sono una di quelle che non sceglie chi giura amore o chi ostenta affetto in pubblico, ma che sceglie quelli con l'anima in fiamme, delusi e feriti e che per strappargli uno sguardo amorevole devi pregare, perché se scegli loro stai sicura che ti distruggeranno, ma ti ameranno per davvero.

Sono una di quelle che fa ciò che vuole, come vuole, con chi vuole, non sempre eh, anche pentendosene subito dopo, ma lo farà perché in quel momento vuole che sia così.

Sono una di quelle che indossa un sorriso e la sua armatura, non la vedi crollare manco se ti impegni, anche se poi magari è la stessa che crolla da sola appena arrivata a casa.

Sono una di quelle che passa la maggior parte delle notti sveglia, perché secondo me la notte è un momento per le persone vere.

Ho imparato a mettere la parola Fine. Ho
passato anni a tenere le porte aperte, ormeggi
lasciati qua e là per non allontanarmi, per
permettere agli altri di ritrovarmi, di
raggiungermi qualora volessero, sempre.
L'ho fatto per paura di abbandonare il passato e
per permettergli di ripresentarsi, permettendogli
però di farmi vacillare più spesso di quanto
avrei voluto.
Ora so che il passato non va dimenticato del
tutto, va amato per averci accompagnato dove
siamo ora; ma ho anche imparato che l'unico
passato che merita spazio è quello che è stato in
grado di modificare il passo rimanendo ogni
giorno presente.
La parola fine è dolorosa, lo so, ma è più
doloroso vivere in un presente stremato al quale
manca quella sola parola per tornare a respirare
un po'.
La crisi che cambia l'uomo fa sì che si metta in
discussione, che capisca quale parte di sé lo
porta a fondo e che, capendolo, la possa
smussare, come un angolo troppo appuntito e
tagliente.
Ora come ora so che senza fiducia un rapporto

non potrà mai funzionare, che più assecondi le tue stesse insicurezze e più dai ad esse più forza, che vale la pena dar peso soltanto al parere di chi per te conta, che non ha senso tenersi ancorati a qualcosa che non ci appartiene solo per paura di lasciarla andare, che "è un misero, anche se è padrone del mondo, chi non è contento di sé".
Non è scritto da nessuna parte che qualcosa, solo perché è tanto bella, debba durare per sempre. Finisce tutto, finiscono anche le cose belle, l'importante però è che ci siano state.
Io penso che diamo troppo per scontato che d'amore ce ne sia per tutti, ma non è così.
L'amore quando arriva non ci può dire fino a quanto resterà, siamo noi che pensiamo che sia "fino all'infinito e oltre" o "fino all'eternità", ma l'amore, in realtà, come viene poi se ne va.
O ancora più spesso se ne vanno le persone stesse. Ma non importa. Tu, in qualunque caso, ringrazia, ringrazia tutti quelli che ci sono stati e che per un po' ti hanno reso felice; anche se non ce l'hanno fatta a rimanerti accanto. Non odiarli.
Tutti noi siamo deboli, siamo così deboli e

fragili che è impossibile non ferirsi a vicenda.
È solo un tentativo come un altro di
sopravvivere nella nostra vita, è solo paura.
Ho sempre lasciato andare chi non aveva voglia
di restare. Mi allontano da chi si allontana, da
sempre.
Mi sembra una tattica così sciocca provare ad
andarsene semplicemente per vedere chi ci
tiene dietro.
Preferisco chi resta per capire se anche io
faccio sul serio. Bisognerebbe mettere alla
prova così chi dice di amarci. Bisognerebbe
dargli la possibilità di rendere concrete le nostre
stesse parole.
Però ho saputo aspettare da lontano, aspettare
ciò che non è mai arrivato.
Oggi invece, non voglio più attendere nessuno,
voglio qualcuno che aspetti me.
Qualcuno che non deluderò perché, nel
momento in cui mi vorrà sarò già lì; e ho messo
via anche quella gran paura di perdere io le
persone.
Nel tempo ho anche imparato a credere in un
pizzico di fatalità.
Non è necessario tenersi stretti, solo prendersi

cura dell'essenziale e l'essenziale è
semplicemente ciò che siamo disposti noi stessi
a perdere.
A volte chi si arrende pensando che abbia
fallito, fallisce nel momento in cui lo pensa.
L'amore vuole essere piantato, in modo che,
coprendolo con la terra possa ripensare a quello
sguardo intenso ricevuto dall'acqua fredda,
assorbita dal terreno.
L'amore aspetta, e l'acqua si prosciuga.
Al momento giusto l'amore esplode, rompe la
tana di terra e con occhi dolci ammira il sole.
L'acqua fredda si riscalda e accarezza con le
sue mani calde la fragilità dell'amore che pian
piano assorbe.
L'amore si accudisce, si accarezza, si riscalda e
si nutre. Ora l'amore si fida dell'acqua, e
insieme cresceranno, il piccolo fiore
germogliato.
Non ho più paura di dire "ti voglio bene", di
dare e chiedere abbracci anche nei momenti più
inopportuni.
Non ho più paura delle persone, di sbagliare, di
essere delusa, o forse un pochino si, ma quanto
basta per difendermi, per proteggermi.

Non ho più paura di emozionarmi davanti ad un tramonto, di arrossire di fronte a un complimento, di subire critiche o giudizi, tanto si sa che alla fine sono fini a loro stessi.
Non temo più l'eccessiva sensibilità, l'emotività, la fragilità, è la più grande vittoria: accettarsi in tutto, riconoscersi con i pregi ma soprattutto con i difetti, prenderne consapevolezza, una consapevolezza vera, sincera, onesta e non smettere mai di essere ciò che si è. Senza timore, senza alcuna paura.
Uno, due, tre. Quando stai camminando su una corda larga circa tre centimetri, a duemila metri di altezza, non fai altro che contare i tuoi stessi passi, uno dopo l'altro.
Quattro, cinque, sei. Ti concentri sul modo in cui poggi il piede: prima il tallone, poi la pianta e infine la punta. Prima uno, poi l'altro, il movimento sempre lo stesso, sempre uguale.
Sette, otto, nove. Allarghi leggermente le braccia per avere maggiore equilibrio, mentre i tuoi respiri si fanno lenti e regolari. Il respiro è la parte più fondamentale, garantisce la tranquillità, e forse ciò di cui hai più bisogno ora è proprio la tranquillità.

Dieci, e di nuovo tutto da capo.

È quasi come se alla fine di questa corda ci fosse il paradiso; perché finché sei legato, assicurato e protetto da un sistema di corde e imbracature non corri nessun tipo di rischio, ma se invece su quella corda ci sali senza sicurezze, stai sfidando la morte: basta un semplice errore e sei fottuto.

Per questo motivo quando arrivi alla fine della corda, e tocchi la roccia dura con entrambi i piedi, è come se l'avessi sconfitta, la morte, e raggiunto il paradiso sulla terra.

Non puoi guardare di sotto. Non puoi guardare alla tua destra e nemmeno alla tua sinistra.

Devi guardare solo ed esclusivamente davanti a te, ad un punto preciso che nella tua mente diventa come la luce alla fine del tunnel, la terra promessa, il paradiso.

Perché se guardi sotto sei fottuto. Se guardi alla tua destra sei fottuto. Se guardi alla tua sinistra se fottuto.

Mentre sei su quella corda, il tempo si ferma, non esiste nient'altro che lei, tre centimetri che ti dividono dalla morte, e come cosa è elettrizzante.

La gente crede che tu sia pazza, come biasimarli?
Nessun altro sarebbe disposto a fare quello che fai tu. Nessun altro sarebbe disposto a salire su una corda a duemila metri di altezza senza sicurezze e camminarci sopra per sessantaquattro metri.
Sei una pazza, una matta da legare, una che andrebbe rinchiusa in uno di quegli istituti psichiatrici anche solo dopo aver pensato di provare a fare una cosa del genere.
Quello che la gente normale non capisce è che tu ne hai assolutamente bisogno di salire su quella dannata corda lunga sessantaquattro metri a duemila metri di altezza larga circa tre centimetri senza sicurezze.
Hai bisogno di guardare davanti a te, né alla tua destra né alla tua sinistra, hai bisogno di seguire la tua luce, di raggiungere il tuo personale e unico paradiso, di andare sempre dritto per la tua strada per quanto rischiosa possa essere, perché sai dove vuoi arrivare e hai il bisogno di arrivarci.
La gente non può capire cos'hai in testa, non c'è nessuno sulla corda insieme a te.

Ma sapete cosa?

La gente non può capire neanche il piacere che provi quando arrivi alla fine della corda, quando finalmente raggiungi la tua luce e ti conquisti solo i tuoi obbiettivi, quando puoi guardarti indietro e pensare "ce l'ho fatta!".

Odio et amo. Quare id faciam, fortasse requisir. Nescio, sed fieri sentio et excrucior.

Con queste parole il poeta Catullo, più di duemila anni fa, cerca di dare voce al profondo contrasto interiore che lo tormenta: "odio et amo: come sia possibile mi fugge, ma lo sento ed è uno strazio."

Il dolore del povero Catullo, come molti già sapranno, trova origine nel suo travagliato rapporto con l'amata Lesbia, una relazione non del tutto ricambiata (come si dice ai giorni d'oggi "tossica"), di cui ci rimangono decine di poesie, colme di passione.

La lettura di questi versi, che sono tanto brevi quanto pieni di significato, porta con sé un retrogusto quasi amaro, piuttosto forte.

Basti pensare che per esprimere quel senso di strazio/dolore e tormento che prova dentro di sé; Catullo sceglie una parola "excrucior" che

significa letteralmente "venire messo in croce":
un dolore fisico difficilissimo da sopportare,
molto più che trovarsi col cuore spezzato dopo
una delusione d'amore.
Ora vorrei parlare del sentimento amore/odio,
in particolare, quello che provo nei confronti
non di un qualsiasi altro essere umano, ma
bensì di me stessa.
Perché io mi amo eppure mi odio.
Sono parole forti lo so, proprio come quelle di
Catullo.
Scritte su questo foglio bianco, mi fanno quasi
paura, perché non so ancora se effettivamente
abbiano un senso oppure no: quando scrivo
(soprattutto quando uso la scrittura come un
mezzo di sfogo), non so mai se alla fine avrò
prodotto qualcosa di sensato, proprio perché
non so dove andrò a parare.
Una dietro l'altra, le parole si scrivono ormai da
sole, specchio fedele dei miei pensieri; ed è in
questo preciso momento io che scrivo, io che
penso, mi sento di usare queste parole: mi amo,
eppure mi odio.
Sono due cose che non coesistono
pacificamente, lottano, cercano di sovrastarsi a

vicenda, per ottenere il controllo della mia stessa mente.

Oscillo costantemente tra questi due poli opposti: da una parte c'è autostima, fiducia, sicurezza di sé; ci sono momenti in cui mi sembra che niente possa fermarmi, mi guardo allo specchio, sorrido, e mi chiedo: "che razza di motivo avresti tu per essere triste, eh?"

A volte mi sento in pace con me stessa, o meglio, mi sento in pace con tutti i miei pregi ma soprattutto con i miei difetti, ed è avere il controllo sul mio carattere che mi fa stare bene.

Altre volte, però, questa stessa sicurezza si manifesta nella sua più fastidiosa natura: diventa troppo eccessiva, si trasforma nel bisogno costante di ricevere delle attenzioni, di essere al centro dell'attenzione, e arriva quasi a sforare i limiti del narcisismo.

Dall'altra parte c'è tristezza, sconforto, frustrazione; in poche parole, l'esatto opposto.

Ho fin troppi momenti in cui mi rendo conto che non mi piace ciò che sono e ciò che faccio.

Non è niente di esagerato, semplicemente a volte provo un certo malessere, guardandomi allo specchio o pensando a ciò che ho fatto

durante la giornata; il pensiero di aver sprecato tempo è -uno su tutti- fattore determinante che contribuisce a creare questo stato di malessere che provo.
La trovo una cosa sconcertante.
Com'è possibile passare dall'amarmi al detestare me stessa nel giro di qualche minuto? Basta un gesto, un piccolo e semplice gesto, che mi cambia.
Sono fuori con degli amici, rido scherzo e mi diverto, e magari è anche uno di quei momenti in cui cerco solo di essere al centro dell'attenzione (a volte, anche se non so il perché, ne sento proprio il bisogno), poi dico qualcosa o faccio qualche cazzata o mi guardo semplicemente allo specchio pensando "stasera sono proprio brutta, com'è possibile che nessuno non mi abbia detto niente" e all'improvviso divento triste, mi sento travolgere da un'ondata di tristezza mentre non faccio altro che ripetermi che sono solo una stupida.
Se c'è una cosa che i miei amici hanno imparato su di me, è che le mie prese male sono micidiali: non mi serve alcool e compagnia

bella, a volte sono sobria ma mi prendo male
perché non mi sento nel posto giusto e mi
detesto per non riuscire a godermi
semplicemente il momento e vorrei solo
scappare via e tornarmene a casa.
Altre volte mi sento improvvisamente un genio.
Sono sotto la doccia, sono le sette, quasi otto di
sera. Ho sprecato un altro pomeriggio intero.
Non ti senti uno schifo a buttare così il tempo?
Sì, mi sento uno schifo, grazie, mi odio a volte
per questo.
Poi però inizio a riflettere, a ragionare su mille
cose insieme.
Quello dei colpi di genio sotto la doccia è una
sorta di stereotipo, ma per me funziona
esattamente così: ci passo delle ore, in doccia, e
non faccio che pensare e riflettere e farmi
venire idee in mente e programmare il mio
futuro da qui a vent'anni; è come se sotto
l'acqua calda trovassi la pace interiore, il mio
nirvana.
A volte, sembra strano da dire, "scrivo" dei
libri, sotto la doccia: nella mia mente vanno via
formandosi personaggi, storie, mille intrecci;
sono presa da una voglia infrenabile di scrivere,

e so che se mi mettessi alla tastiera del PC in quel preciso momento ci rimarrei per tre giorni letteralmente.

Poi esco dalla doccia, in un attimo è come se mi fossi dimenticata di tutto ciò che mi ero promessa di fare.

Odio il fatto che non riesco mai a cominciare le cose. La scrittura stessa -e quindi, il tentativo di buttare fuori una parte di me- è un ottimo esempio del modo in cui vivo di questo rapporto di amore/odio.

A volte scrivere mi risulta facilissimo: mi siedo davanti al PC, come in questo momento, e faccio confluire i miei pensieri nelle pagine di un foglio di word, e mi meraviglio io stessa di quanto riesca a scrivere senza fermarmi e senza staccarmi per un secondo.

Altre volte, invece, non riesco a farmi venire in mente un'unica singola parola: se fossi una scrittrice sarebbe un blocco dello scrittore, e mi arrabbio pure con me stessa quando non riesco, spengo tutto e rimango senza fare nulla per ore, come se il solo fatto di non essere riuscita a scrivere abbia rovinato la giornata.

Una cosa che mi capita frequentemente è di

sentirmi ispirata, e convincermi che stia
facendo un bel lavoro, per poi rileggere ciò che
ho scritto, una volta finito, e pensare che le mie
parole siano solo delle cazzate.
A volte amo ciò che scrivo, mi sento quasi
come Stephen King; a volte mi sembra orribile
e cancello tutto. Passo rapidamente da una
sensazione all'altra, è piuttosto stressante a
volte il mio processo di scrittura.
Per non parlare del futuro; quello che mi
aspetto dal futuro è per antonomasia la prova di
quanto amo e quanto odio me stessa.
Il futuro che mi immagino quando amo me
stessa è più o meno così:
ricca sfondata, con una villa, sarò una scrittrice
famosa, avrò così tanti soldi da non dovermi
preoccupare di niente.
Il futuro invece che mi immagino quando odio
me stessa è più o meno così:
un monolocale buio, cartoni di pizza sempre sul
tavolo, i capelli spettinati, che vado avanti
senza avere un vero motivo per farlo.
Il mio cervello riesce ad immaginare solamente
questi due futuri, uno più improbabile dell'altro,
a seconda di come mi sento, se sono nel bel

mezzo di uno slancio di improvvisa positività, o
se invece tengo l'autostima sotto il livello del
suolo.
È una paura talmente radicata nell'animo
umano che finisci quasi per dimenticarla,
finché capita un evento che di colpo ti fa
ritornare alla spaventosa realtà delle cose,
ovvero siamo tutti destinati a scomparire.
Io stessa non ho mai riflettuto molto sulla paura
della morte, dandola per scontata,
qualche giorno fa, però, parlando di questo
argomento, mi sono scontrata con l'opinione di
una persona che mi ha fatto pensare.
"La morte non mi fa paura - diceva- come puoi
avere paura di una cosa ovvia come la morte,
che è l'unica vera certezza che hai?"
Pensandoci bene, sono arrivata alla conclusione
che io, in effetti, non ho paura della morte in sé:
a spaventarmi sono le sue mille sfaccettature;
ho paura di quello che la morte si porterà
dietro, ho paura di quando e come può arrivare.
Perché è un fatto certo per ogni uomo, ma le
vie che percorre per portarsi via la vita di una
persona sono quanto di più incerto esista in
questo mondo.

Se il corpo fosse una macchina destinata ad
autodistruggersi in un arco di tempo
prestabilito, non avrei paura della morte, non ce
ne sarebbe motivo: se ognuno di noi fosse
destinato a morire all'età di cento anni, ecco, la
morte diventerebbe a tutti gli effetti un evento
certo di cui non avere timore.
Perché la cosa davvero tremenda, secondo me,
è che può arrivare in qualsiasi momento, e
colpire con una fine improvvisa persone che
non ti aspetteresti mai.
Capita ogni tanto di sentire una notizia al
telegiornale, o leggere sui social, della morte di
una celebrità; che sia il tuo cantante preferito,
un giocatore di basket o che ne so, e ci vuole
tempo per realizzare che la sua voce, quella
stessa voce che hai ascoltato centinaia di volte,
non tornerà più a cantare; ci vuole tempo per
realizzare che l'uomo che ha fatto la storia del
suo sport non sia più su questo mondo.
Poi ci sono quelle notizie che riportano la triste
morte di qualche ragazzo, un ragazzo della tua
età, e magari per colpa di un incidente, o di una
qualche stupidata; personalmente mi si gela il
cuore.

Vedo le foto del ragazzo in questione, non
posso fare a meno di pensare che, in un mondo
parallelo, al suo posto ci sarei potuta benissimo
essere io.
Fa paura, ma soprattutto riflettere.
Di solito cerco della vicenda, nonostante non
abbia mai sentito parlare delle vittima fino ad
un minuto prima.
Non resisto all'impulso di capire cosa sia
successo di preciso. Così magari scopro, nel
caso di un incidente stradale, che se lui/lei
fossero passati in quella determinata strada un
minuto prima sarebbero vivi, o che dei ragazzi
sono rimasti uccisi per un attentato in discoteca
dove non volevano neanche andare.
Io non credo sempre al destino, non penso
esista una specie di entità superiore che decida
come debbano andare le cose, ma in questi casi
ci spero davvero, con tutto il cuore, che un
destino esista, che le cose dovevano andare
esattamente così; perché l'alternativa, ovvero
che siamo in balìa del caso, e che non possiamo
fare niente contro di esso, è semplicemente
spaventosa, per questo la morte mi fa paura.
Certe notti mi addormento riflettendo su come

potrei non svegliarmi la mattina dopo: una paura irrazionale.

Perché la mia paura, in fondo, è quella di lasciare le persone che più amo al mondo, senza che possa fare assolutamente nulla per evitarlo.

Ho paura non tanto di come morirò: che si tratti di una morte naturale, o dell'essere investita, di una malattia terminale o di un'overdose o di chissà cosa.

Piuttosto ho paura di come ci arriverò, alla morte.

Partendo infatti dal presupposto che essa è la fine di ogni cosa, a spaventarmi è l'idea di aver finito il tempo che ho a disposizione, e di non averlo sfruttato come dovevo ma soprattutto come volevo.

Sono terrorizzata dal tempo, così veloce, che scorre inesorabile, tutto toglie e niente concede.

Dopotutto, quanto può essere breve un momento?

Tempo un attimo ed è già parte del passato; la nostra intera esistenza è costituita da questi attimi, dettagli che sono incastonati in un'effimera linea del tempo.

Quanto è triste riflettere sulla caducità del
presente?
Ci perdo la testa a volte, a pensarci; eppure,
rimuginarci sopra di certo non aiuta: che razza
di futuro mi sto creando se trascorro il presente
ad avere paura?
Non posso certo ammettere di essere una
campionessa di quella che è la filosofia del
carpe diem, per questo ho paura di non riuscire
a sfruttare quegli attimi che ho a disposizione,
prima che si trasformino inevitabilmente in altri
di quei ricordi sfocati, che quasi sembrano non
appartenerci più.
Non voglio essere dimenticata, sembra banale,
come cosa; è che proprio non potrei sopportare
l'idea di diventare una delle tante. Ho paura
della banalità, dello svegliarmi ed andare avanti
senza un vero valido motivo.
Ho paura di non essere capace di lasciare un
ricordo nella mente delle persone.
Ho paura di non riuscire a combinare nulla di
buono.
Ho paura di non essere all'altezza dei miei
sogni, in fondo, la mia è una paura cronica del
fallimento.

Sembrerà un discorso inutile lo so, detto da
colei che ha tutta una vita davanti, eppure non
riesce a non pensarci.
Che cosa ne sarebbe di me se morissi prima di
riuscire a lasciare un segno?
Riesco ad immaginarmi in due tipi di futuri:
uno assai luminoso, segnato dal successo e dal
potere; un altro che è distopia pura, in cui non
riesco a concludere nulla di concreto, e il
fallimento regna incontrastato.
Uno rappresenta i miei sogni più grandi (ed è
un pizzico delle mie aspettative), l'altro le mie
paure più buie.
Non voglio morire prima che si spenga il fuoco
che ho dentro, prima di riuscire a fare
abbastanza da essere ricordata, così come non
voglio arrivare, in punto di morte, a dovermi
guardare indietro, solo per realizzare che non
sono per niente fiera delle scelte che ho fatto e
della persona che sono diventata col tempo.
Ho imparato che puoi riemergere dal punto più
basso che raggiungerai; che il solo punto di
partenza che conoscerai sarà proprio dove hai
appena scritto la parola Fine.
L'errore più grande che si può fare è pensare

che per loro sia stato facile. Non sottovalutate mai la sofferenza degli altri.

A volte è proprio l'estremo dolore a darti un unico colpo; secco, forte, così tagliente da farti capire che non è quello che meriti e che o ne approfitti per riemergere, o è proprio lì che affogherai.

Ho imparato che quello che tiene le persone insieme è la voglia di condividere il tempo. A volte si confonde la voglia con il bisogno, la si scambia con la necessità.

Si dovrebbe scegliere il proprio compagno di viaggio non perché senza non ci sentiamo abbastanza, ma perché insieme possiamo essere di più.

Quando cambiamo o siamo costretti a cambiare strada la paura ci fa credere di essere persi, di non avere più scenari o vie d'uscita.

La paura non ci fa capire che il dubbio della felicità che avremo d'ora in avanti, ci mette già in una posizione favorevole rispetto alla certezza d'insoddisfazione con cui abbiamo vissuto fino a quel momento.

Ho imparato sebbene potessi evitare, insegnamenti degli altri, guardando le loro vite

come se fossero parte della mia.
A volte, per questo, porto fardelli troppo grandi
e sembra che non mi reggano le spalle.
Spesso mi rendo conto che sopporto più di
quanto io pensassi, a volte invece scoppio
prima di quanto credessi.
Sono scoppiata sopportando e ho iniziato a
sopportare dopo essere esplosa. Non ho mai
saputo prevedere quale delle due sarebbe
accaduta.
Ho imparato cose che non mi serviranno e non
ho imparato cose che invece mi servirebbero.
Non riesco sempre a riconoscerle prima.
Ho imparato troppo tardi cose che mi sarebbero
servite prima di allora, ora spero solo che non
mi serviranno più, ma sono mie e le custodisco
io stessa.
I nostri errori sono quello che sono, e fanno
parte di noi.
Come la pelle, come i capelli, le occhiaie, lo
sguardo, l'odore, le pose...
Come i sorrisi più o meno amari, e le spalle più
o meno larghe. Come tutte le imperfezioni che
cerchiamo di nascondere, di camuffare dietro a
quel trucco fatto di cazzate e pregiudizi, pieno

di stereotipi e luoghi comuni, di quella merda
che ci buttiamo addosso da soli ogni mattina
prima di uscire per sembrare diversi da quello
che realmente siamo, per apparire come
vorremmo, o per essere più precisa, come
vorrebbero...
Per ingannare gli altri e per primi noi stessi.
Persi in quell'assurda, infinita inquietudine
tipica di chi, sciocco e piccolo, vorrebbe a ogni
costo cambiare lo stato naturale delle cose.
Di chi, pazzo, si mette in testa di fermare la
pioggia e persino di svuotare il mare, di chi
pensa di poter modificare la direzione del vento
e di correggere i propri sbagli, e quelli degli
altri, per credersi semplicemente superiore a
quello che è, meno mediocre, meno umano.
Ma la mediocrità, in modo comico, e grottesco,
e ineluttabile, è sotto i nostri occhi, ogni giorno,
in tutte quelle scelte così ridicole e distanti dal
nostro cuore.
Nelle parole così vuote e prive di sostanza; e ci
ritorna addosso, la mediocrità, se è lì che deve
tornare, altro che trucchi e strategie.
E ci colpisce con la forza impietosa della
pioggia, del mare, del vento. Perché non basta

avere l'ultimo Iphone uscito, il Bmw, o un pass
per il privé, per vivere la vita con stile.
Non basta rinnegarli, gli errori, o nasconderli, o
scordarsene, per cancellarli, o per essere
semplicemente persone migliori...
I nostri errori ci rendono quello che siamo.
Come le cicatrici, come le espressioni e la voce.
Ci rendono unici, non migliori di, o superiori a.
Che i nostri errori, cavoli, andrebbero coccolati,
con dolcezza, con gelosia. Che dovremmo
abbracciarli e stringerli a noi. Dovremmo
volergli bene.
Pensar loro con familiare tenerezza, con
rispetto, con compassione.
Loro sono al tempo stesso nostri "figli" e nostri
"genitori". Sono piccoli cuccioli, spaesati e
adulti, saggi, così disincantati che, se potessero
parlare, ci direbbero che l'hanno capita la
lezione.
E ci direbbero un sacco di cose del nostro
passato, e ci spiegherebbero passaggi che non
abbiamo mai compreso; per esempio, quella
volta che intimiditi, o a disagio, abbiamo
reagito in quel modo assurdo, puerile e
sconclusionato.

Ci sussurrerebbero sul "come" farebbero luce sul "perché".

Dovrà capitare prima o poi che due anime selvatiche, che non vogliono sentirsi strette da nessuno né chiuse agli angoli del mondo e che si amano abbastanza da non scappare, né inseguire, si fermino a comprendere che completarsi vuol dire questo.

E chiudersi all'aperto sapendo che a nessuno dall'esterno sarà permesso entrare.

Si può rischiare di restare insieme tutta la vita così, senza che sia una "minaccia" ma solo un sublime stato di grazia e di strafottente e imbarazzante felicità.

Innamoratevi, non di chi vorrete raggiungere a ogni costo, ma di chi una volta raggiunto non vi farà più desiderare uscite di sicurezza.

Amate la persona che vi farà venire voglia di svegliarvi sempre prima del previsto, per guardarla qualche attimo in più prima di uscire, e dormire sempre un attimo più tardi, per farvi chiudere gli occhi stanchi di sonno ma mai stanchi di quella persona.

Perché c'è sempre una prima volta, una prima vera notte d'insonnia d'amore che ci rimarrà per

sempre sotto la pelle.
Un primo giorno in cui impariamo a
riconoscere la vera direzione del vento.
Un primo momento che ci porta in un luogo in
cui non sappiamo di andare e poi ci siamo,
improvvisamente, senza averlo previsto.
Tenersi in equilibrio, adattarsi senza rinunciare
a sé stessi: questo può essere uno scopo del
filosofare.
Come uno specchio d'acqua si mantiene
tranquillo rispecchiando completamente il
cielo, le nuvole, i rami che vi pendono sopra;
come una trottola si mantiene in rotazione onde
librarsi con uniformità e mescolando
bellamente i propri colori, così un uomo può
cercare la posizione in cui rispecchia il mondo,
gli si mostra e s'intende con esso.
Quanto è netto il riflesso della nuvola
nell'acqua? Quando è che è più netto?
Da dove viene il ramo di cui non vediamo
riflessa la parte iniziale?
Esaminare quel che la gente pensava (o faceva
pensare) quando costruiva città, creava
corporazioni, istituiva officine, equipaggiava
navi, coltivava riso, lo vendeva.

Le filosofie non parlano di città, né di corporazioni, officine, navi, eppure e pensando in questo modo che si potevano costruire città ed equipaggiare navi. Che navi e città non appaiano nei pensieri mostra che il pensiero si stacca facilmente dalla realtà; è questa è una caratteristica del pensiero. -
Impari più avanti che stare male non cambia quasi mai il risultato, che nella vita saranno le persone sbagliate ad insegnarti qualche cosa, che quelle giuste serviranno a ricordarti solo che non sei sbagliata.
Impari poi anche che non esistono parole precise, che, come chi si arrampica sulla roccia viva, agiamo di sopravvivenza, non di conseguenza; che se ora mi urlassi "fottiti", per non perderti di nuovo risponderei '"ti amo".
Imparerai poi che non amerai più come quando avevi 14 anni, che non ti facevi domande e non avevi paura di scottarti perché tanto poi si soffre sempre, per una cosa o l'altra.
Ma a quell'età non lo sai, lo immagini solo che le persone infondo cambiano; che ti amano per uno sguardo e ti lasciano per un altro.
Impari poi che a sputtanarti non saranno le

persone che conosci da poco, ma quelle che
invece conosci da una vita.
Ho imparato che sono tante le cose che
chiamiamo amore per paura di non riuscire a
starne senza.
Ho imparato infine che stare insieme non vuol
dire per forza essere uguali, non vuol dire nulla
se uno dei due con il cuore è altrove.
Quando sei adolescente le sostanze chimiche
nel tuo cervello ti spingono a prendere
decisioni che ti allontanano dalla sicurezza
della tua infanzia e ti trascinano verso la
"giungla" dell'età adulta.
Un'amica una volta mi ha detto che gli adulti
sono solo bambini con delle cicatrici,
sopravvissuti al limbo dell'adolescenza.
Ora uscite e osservate il mondo attraverso
questo prisma, guardate i vostri genitori, i
vostri fratelli più grandi, guardate gli estranei
per strada, guardateli e immaginate che ad un
certo punto della loro vita anche loro hanno
percorso lo stesso vostro corridoio.
Anche loro hanno provato l'insostenibile
solitudine, l'insopportabile sensazione di
impotenza, di oscurità, dell'essere giovani; di

solito pensiamo che le cicatrici siano brutte o imperfette, sono cose che semplicemente vogliamo nascondere o la maggior parte delle volte dimenticare, ma nonostante questo non vanno via.

Mentre scrivo questo, ho finalmente capito che le cicatrici non sono dei promemoria di ciò che si è rotto, ma piuttosto di ciò che è stato creato. I sentimenti dolorosi e le emozioni più pungenti sono quelli assurdi: l'ansia delle cose impossibili, proprio perché sono impossibili, la nostalgia di ciò che non c'è mai stato, il desiderio di ciò che potrebbe essere stato, la pena di non essere un altro, l'insoddisfazione per l'esistenza del mondo.

Tutti questi mezzi toni della coscienza dell'anima creano in noi un paesaggio dolorante; un eterno tramonto di ciò che siamo. So che questi pensieri dell'emozione addolorano rabbiosamente l'anima.

Ma ciò che resta del sentire tutto questo è sicuramente una pena della vita e di ogni suo gesto, una stanchezza anticipata dei desideri e di ogni loro maniera, una pena anonima di ogni sentimento.

In questi momenti di sottile dolore è
impossibile, perfino in un sogno, essere
amante, essere eroe, essere felice: perfino
nell'idea di esserlo.
Tutto è detto in un altro linguaggio a noi
incomprensibile, semplici suoni di sillabe senza
forma nell'intelletto.
Ci hanno raccontato così tante fiabe quando
eravamo bambini, che ora da grandi facciamo
fatica a smettere di sognare e aspettare il
'famoso' principe azzurro.
Nelle favole le principesse sono tutte diverse, il
principe azzurro però è sempre lo stesso: arriva
alla fine della storia sul cavallo bianco, salva la
ragazza e la porta nel castello, dove vivranno
insieme per sempre felici e contenti.
Come per dire che ci vuole un uomo, non
importa come, per salvare una donna.
Ma cosa sarebbe successo se il principe non
fosse mai arrivato?
La Bella addormentata avrebbe dormito per
sempre?
O a un certo punto si sarebbe svegliata da sola,
avrebbe preso un caffè, cercato un lavoro e
organizzato tutta la sua vota?

E Bianca neve, senza il bacio del principe
sarebbe davvero morta?
O avrebbe sputato la mela avvelenata,
denunciato la matrigna per tentato omicidio e
fondato una società per il commercio dei
diamanti con i sette nani?
E se il principe non avesse salvato Cenerentola
dalla vita d'inferno che faceva con la matrigna e
le sorellastre, lei sarebbe morta sopraffatta dalle
angherie di quelle tre arpie perfide e
sfruttatrici?
O un bel giorno si sarebbe svegliata e, invece di
cantare con gli uccellini, ne avrebbe cantate
quattro a quelle megere insopportabili, si
sarebbe trovata un lavoro, amici degni della sua
compagnia e si sarebbe messa al comando della
sua vita, salvandosi da sola?
Ho imparato che ci sono una marea di cassetti.
Ad alcuni ricorriamo ogni giorno, altri invece
sono destinati a non aprirsi, altri sono lì; li
guardiamo e li apriamo di tanto in tanto.
Ho imparato che quelli che apriamo tutti i
giorni a volte si usurano e cigolano anche, ma
sarebbe impossibile fare a meno di loro,
rinunciare soprattutto al loro contenuto.

Ho imparato che quelli che non vengono mai
aperti finiscono per fare la "muffa", ogni cosa al
loro interno viene contaminata fino a farla
scomparire o renderla completamente
irriconoscibile.
I cassetti più assurdi sono quelli che apriamo
ogni tanto quando capita, li guardiamo perché
sappiamo benissimo cosa contengono, ma non
sappiamo se sia mai il caso di tirarne fuori
qualcosa.
Non sappiamo mai come posso finire
realmente.
Solo alcune volte troviamo davvero il coraggio
di pescarci dentro. Nascondendo una magia
improvvisa; al loro interno è tutto come lo
avevi lasciato.
Allora controlli, ammiri il contenuto, li richiudi
e tutto torna alla normalità. Sai che esiste quel
cassetto che non usi quasi mai, sai che è per
questo che non cigola.
Esiste per essere aperto e creare quella magia.
Ma la magia non è per sempre, dura sempre e
per sempre solo il tempo dell'incantesimo.
Oltre ad aver imparato, ho capito anche che
tutti noi, compresa me, abbiamo bisogno di

sentirci speciali, di sentirci unici; e quando
questa speranza vacilla iniziamo a non credere
più a noi stessi e in quello che siamo. Ciò che
appare non rende mai nessuno speciale.
L'unica cosa che può renderci unici è essere
semplicemente noi stessi. La sola cosa che può
farci sentire speciali è non essere come gli altri
o non voler vivere la vita degli altri.
Essere speciali, vuol dire impadronirsi delle
proprie capacità e renderle uniche.
Ho imparato che poi anche tu impari.
Impari ad attutire i colpi, l'idea che gli altri si
fanno di te senza sapere chi sei. Impari che, per
quanto bene tu faccia, le persone ricordano solo
quel momento in cui hai fatto
involontariamente del male.
Impari che scelgono di vedere in te ciò che
vogliono, non tutto quello che realmente sei.
Ho imparato anche io a lasciar andare
(finalmente eh).
È una frase forte, una di quelle che forse
nessuno si sente davvero dentro.
Come facevo anche io: mi aggrappavo,
perdonavo, ritornavo, io stessa facevo
riavvicinare le persone che se ne erano andate

lasciandomi agonizzante nelle mie delusioni,
nelle mie mancanze.

Ma adesso ho imparato, ho imparato a non
trattenere, a chiedere quel che anche io merito,
a lasciare libere le persone che hanno deciso di
non starmi più accanto.

Ho imparato ad accettarmi per quella che sono,
non annego più nelle mancanze, non vivo più di
soli ricordi e rimorsi.

Adesso saluto, sorrido e lascio andar via chi un
tempo è stato nel mio cuore e ha scelto di non
esserci più.

Ho imparato che devi ricordarti di te, sempre.

Ricordati di te nei momenti in cui nessuno lo fa
e tu devi pensare per te stessa e per gli altri.

Ricordati di te quando lasci che le persone ti
annullino, ti calpestino, quando lasci che i
giudizi degli altri siano più forti di quello che
senti davvero di essere.

Ricordati di te quando hai dei sogni e tutti ti
dicono che i sogni sono irrealizzabili e devi
pensare alla realtà, però i sogni fanno parte
della realtà, fanno parte di noi, e per come la
vedo io non esistono sogni irrealizzabili, ma
soltanto persone che semplicemente tirano

dritto o invece si lasciano trascinare da quello che gli altri dicono.

Ricordati di te quando incontrerai la persona che cercherà a tutti i modi di scoraggiarti in ogni cosa che fai e troverà un difetto in ogni cosa che sei e farai.

Ricordati di te quando avrai paura, ricordati chi ti ha portato fino a quel punto, ricordati che la paura è solo un riflesso di quello che vogliamo; se vuoi qualcosa avrai sempre paura di non poterla poi avere, o di averla e poi perderla subito dopo.

Siamo umani e le paure ci limitano in tutto ormai, ma se della paura imparassimo ad avere coraggio?

Abbiamo più coraggio che paura, ve lo posso assicurare, e questo coraggio deve servirti per attraversare quel tunnel e andarti a prendere quello che davvero vuoi.

La vita è dall'altra parte della paura, non dimenticarlo mai, e non dimenticarti di te.

E cosa racconteremo di questi anni senza emozioni?

Di questi anni passati a guardare un cellulare e non gli occhi delle persone, anni in cui le

panchine piano piano si svuotavano e i social,
nel mentre, si riempivano.
Di questi anni senza toccarsi, senza parlarsi, di
questi anni vuoti, noi cosa racconteremo?
Quando ci chiederanno cosa abbiamo imparato
dai nostri stessi sbagli, cosa risponderemo?
Che non abbiamo imparato, che continuiamo a
fare gli stessi errori perché è un modo per
provare qualcosa?
Siamo tutti alla ricerca di nuove emozioni,
ormai è la cosa più desiderata del mondo.
Non ci emozioniamo manco più ormai, quindi
che sia gioia o sia dolore ne abbiamo bisogno
come di una droga, come di un qualcosa di cui
non ci stanchiamo, proprio perché non
l'abbiamo.
Odiamo per vivere delle emozioni, amiamo per
lo stesso motivo, e anche se una storia finisce
non molliamo perché abbiamo paura di non
provarle più, di non riuscire a provare più
niente.
Questa è diventata la nostra nuova fobia, la
paura di non poter più amare, la paura di non
poter più essere amati.
Di questi anni cosa racconteremo?

Dei ragazzi insicuri, della depressione che
dilaga, di genitori che si lasciano abbindolare
da frasi a effetto di sconosciuti, divorziano,
provano una nuova vita, falliscono.
Il fallimento è un'altra fobia che ha invaso le
nostre menti. Abbiamo continuamente paura di
fallire, la costante paura di non riuscire, paura
del giudizio altrui, paura di non saper affrontare
le parole degli altri che a volte pesano come
macigni.
Ma chi ha fallito, chi ha fallito davvero, ha
imparato a rialzarsi subito e rivoluzionarsi, ha
imparato a conoscersi in tutti i suoi punti, a
conoscere le pene del fallimento e le gioie della
vittoria.
Cosa racconteremo di questi anni senza un vero
e proprio scopo?
Chi sa cos'è il futuro è solamente qualcuno a
cui il futuro lo hanno già costruito a tavolino,
ma quelli come noi immaginano, sperano,
pregano, passano i giorni a fantasticare, a
temere quello che verrà.
Racconteremo solo di paure e insicurezze, di
amori persi, di parole non dette, di sogni che
bruciano dentro, di lotte continue con noi stessi

e con le persone che non comprendono ciò che
siamo, ciò che in realtà vogliamo essere, ciò
che sogniamo.
Abbiamo poche cose buone da raccontare,
stiamo vivendo in sordina, stiamo rinchiusi in
casa mentre la vita scorre e noi la vediamo
andar via.
Siamo ormai conviti di essere imperfetti
fisicamente, ci guardiamo allo specchio e non
ci piacciamo, guardiamo i social, le vite
perfette degli altri e non ci piacciamo di nuovo.
Viviamo in un mondo di apparenze, di cose che
non capiamo ma che vorremmo diventare, un
mondo fatto di puro intrattenimento.
Ho imparato che non saprò mai abituarmi a
tutto questo.
Non ho imparato la freddezza, ma non fa parte
di me, ma ho dovuto lo stesso metterla in
pratica. Non ho imparato bene le distanze, non
le ho quasi mai tenute...
Non ho imparato l'immobilismo, non l'ho mai
concepito detto sinceramente, ma purtroppo mi
sono dovuta fermare.
Non ho imparato l'indifferenza, verso chi se ne
va a prescindere dall'età che abbia, sono tutti

genitori e nonni di qualcuno.
Non ho ancora bene imparato a non avere
paura, ad accettare ed affidare al fatto ogni
cosa.
Il destino di ognuno di noi è nelle mani di tutti
gli altri ormai, non ho imparato ad accettare che
per alcuni è così difficile da capire.
Alzando la testa al cielo noto il suo colore
azzurro come il mare e penso...
Penso come siamo totalmente impegnati a
impreziosire il nostro metro quadro, da non
accorgerci dei restanti Km^2 che ci circondano
attorno ad ognuno di noi.
Anche se non sempre ce ne rendiamo conto,
nonostante tutto, l'universo ci continua a
offrirci mille regali unici, e secondo me per
apprezzarli di più basterebbe semplicemente
allontanarsi dalla propria città anche di poco.
A volte guardando il cielo avverto un senso
fortissimo di appartenenza, che a volte neanche
io riesco a spiegare, e mi rendo conto del fatto
che esso, l'universo, mi ha dato la possibilità di
esistere e di essere che per me sono molto
fondamentali.
Di fronte all'immensità di questo universo e a

questo cielo celeste mi è capitato di provare
sensazioni diverse e nuove emozioni che non
avevo mai provato prima.
Inizialmente mi sento "piccola" e inutile,
inesistente in confronto a quelle dimensioni
così estese.
Ogni volta invece che guardo e mi incanto a
osservare il cielo con le sue immense stelle, e
penso a quanto noi siamo piccoli confronto
all'intero universo e automaticamente mi
domando cosa ci sia oltre a quello "strato"'
scuro che tutti noi vediamo ogni sera alzando
semplicemente lo sguardo.
Io lo considero come se fosse una "coperta" che
avvolge la Terra stessa e la protegge con cura.
"Alcuni infiniti sono più grandi di altri infiniti".
Questa è una frase che mi ha colpito molto
dopo aver letto e guardato 'Colpa delle stelle':
ed è una frase che mi passa per la testa quando
mi fisso incantata ad osservare il cielo.
Le stelle, i pianeti intorno a noi e il cielo
ovviamente, hanno interessato i bambini
rendendoli sempre più protagonisti dei loro
giochi, delle proprie fantasie e delle
filastrocche.

Quando mi chiedono perché spesso preferisco
la notte al giorno, rispondo sempre dicendo che
fin da bambina, quando tutti si trovano dentro
le proprie camerette a godersi la pace notturna,
mi piaceva affacciarmi dal balcone di camera
mia e godermi anche magari se per poco, la
"disponibilità" della notte e il suo silenzio.
Era in quegli istanti che mi riaffioravano nella
mia mente tutti i momenti trascorsi della
giornata e a volte mi sembrava quasi come se
nel mondo ci fossi solo io con i miei pensieri
sparsi per la testa.
Il cielo di sera secondo me può essere fonte di
ispirazione per artisti come poeti, come scrittori
ma soprattutto per i pittori come Van Gogh, che
in un quadro è riuscito a rappresentare un'unica
notte in un modo che amo.
Rimango spesso incantata e mi abbandono a
"naufragare" dentro quel mare profondo e
sconosciuto sopra di me, puntando anche alle
costellazioni.
Di fronte a queste bellissime immensità che
l'universo ci offre ogni giorno, mi è capitato di
provare sempre sensazioni diverse; per me le
stelle erano, e sono punti lontani, eppure

sapevo bene che il solo atomo minuscolo e mortale ero io.

Mi sento spesso dire che l'alba e il tramonto siano la stessa cosa, ma non lo sono, e sapete il perché?

Perché l'alba preannuncia l'inizio di una nuova giornata, difficile o meno, bella o brutta.

Invece il tramonto rappresenta appunto la fine, e questo è molto diverso perché l'effetto atmosferico pare essere molto simile.

Ogni volta che penso a ciò che succede nella mia testa durante la notte, mi vengono in mente i poeti che ho studiato e sto ancora studiando tuttora, come ad esempio Leopardi, che sapendo che è un pessimista, spesso mi ritrovo in lui come anche in Dante e ad altri.

In poche parole, per me, il cielo stellato porta un relax assoluto e finalmente posso sedermi e prendere fiato.

Ogni sera mi ritrovo a pensare a tutto ciò che è successo durante la settimana… e ripenso, troppo forse; mi pongo tante domande, la maggior parte delle quali rimangono spesso senza risposta.

La sera per me è come un "appuntamento"

dove mi dedico completamente all'ascolto di musica e alla riflessione.

Rifletto sui miei errori, sugli errori delle altre persone anche, e spesso mi viene spontaneo domandarmi se è giusto tutto quello che sto facendo o meno.

Ormai mi conosco, so fin troppo bene che persona sono e so bene che spesso cado "vittima" delle illusioni che mi creo praticamente da sola, e forse è molto peggio essere delusi dalle proprie illusioni che da quelle create dalle altre persone.

Non è facile essere me, come sicuramente non è facile nemmeno essere te; ogni persona ha i propri problemi e tutti, o quasi tutti, ne siamo consapevoli, e so bene che non dovrei stare troppo a, che ne so, deprimermi.

Però non è che mi deprimo sempre, semplicemente sono una persona che riflette molto, nonostante la mia impulsività.

Sembra un controsenso lo so; ma secondo me la vita è un controsenso, tutti noi viviamo in un determinato modo, diciamo determinate cose, ma alla fine agiamo in maniera completamente diversa.

Quante persone dicono: "vogliamo un mondo più pulito"? Tante, però spesso loro sono anche le prime che inquinano.

È quasi impossibile non inquinare del tutto, anche semplicemente la presenza dell'essere umano sulla Terra è fonte stessa d'inquinamento, come ovviamente ogni altro vivente; però noi esseri umani siamo stati tanto, forse troppo presuntuosi da credere di poter essere gli unici in questo pianeta, tanto da riuscire a rovinarlo.

La natura ci ha dato a tutti noi le risorse per poter sopravvivere, ma noi in cambio cosa abbiamo fatto?

Con la nostra sicurezza del sentirsi e dell'essere superiori agli altri, siamo riusciti a rovinare quasi tutto.

Una volta mi ricordo che si era molto più rispettosi, si rispettava soprattutto Madre natura, e ora? A cosa si pensa maggiormente?

Ormai si pensa solo e solamente ad avere soldi, ad avere il telefono di ultima generazione, una macchina veloce, e ormai non rispettiamo più neanche noi stessi. Però ovviamente pretendiamo rispetto; sono cresciuta credendo

in dei valori, semplici, elementari, però da
questi infatti mi sono accorta che tante persone
li hanno smarriti, a causa delle tendenze che
prendi in quel momento: "Uh ma se indosso
quel vestito!" e tante altre di queste frasi
caratterizzano il mondo di oggi.
Siamo cambiati, e tanto, anzi troppo. È buffo
però che lo dica una ragazza di 18 anni, che in
confronto ha vissuto ancora relativamente
poco: sarà che sono nata "vecchia" però basta
pensare obbiettivamente alla storia.
Essa ci racconta tutto, dalle conquiste ai
peggiori fallimenti; millenni e millenni di storia
e siamo qui.
Perché in fin dei conti abbiamo speso più anni a
fare delle stupide guerre che ad avere e cercare
la pace.
Vorrei veramente poter vedere un cambiamento
significativo per questo mondo, anche piccolo
basterebbe già.
C'è solo un modo per fare in modo che tutto ciò
avvenga: essere predisposti al cambiamento.
Sì, è facile dire "voglio questo e quest'altro"
però appena si propone un qualcosa di diverso
del solito, inizia automaticamente il panico

relativo della parola 'diverso'.
Sappiamo tutti che il cambiamento in sé non è
mai facile per nessuno all'inizio, però
comunque sia è e sarà sempre una cosa
positiva; e l'uomo deve capirlo, anche se non
subito magari, e solo dopo ciò, si potrà vivere
al meglio.
Eppure, nonostante ciò, le persone ricercano i
continui miglioramenti per "scappare" dalla
propria routine.
Molte volte un cambiamento può essere più
adatto rispetto ad un'abitudine, d'altronde
l'evoluzione si basa spesso dalla casualità del
cambiamento in sé.
La scuola, i doveri, i voleri, i problemi, il
passato, il futuro si possono concentrare in
un'istante rifugiandosi in una parte del presente
stesso.
Ognuno di noi ha dentro di sé un proprio
"giardino": incontrerai alcune persone che te ne
priveranno parzialmente e altre che proveranno
a fartelo seccare, o semplicemente te lo
nasconderanno ai tuoi occhi facendoti credere
che non ci sia più.
Col passare degli anni ho capito e quindi

imparato che ci saranno sempre persone che
proveranno a dirti che non ce la farai e che non
sei abbastanza, e starà a te decidere se crederci
o no quelle parole.
Ogni volta che darai ascolto ad una di queste
frasi un fiore dentro al tuo giardino piano piano
appassirà.
Ti sentirai inutile, scontata e giorno dopo
giorno, uno ad uno, ogni fiore al suo interno
perderà sia la forza che il colore.
È solo quando ricorderai com'eri prima o come
potresti essere, che riuscirai a riprendere in
mano te stessa ricominciando poi così a far
rifiorire il tuo stesso giardino.
Ti basterà innaffiarlo con un po' di amor
proprio e soprattutto allontanarti da ciò che ti
aveva fatto credere e sentirti inutile per vederlo
rinascere di nuovo.
Grazie a ciò ho imparato che i fiori che hai
dentro non moriranno mai, ma starà a te
decidere se e quando accudirli.
Avere il coraggio di ammettere i propri errori
non è facile, ma chi lo ha, è da rispettare.
L'affermazione "ho sbagliato" dimostra che chi
la pronuncia possiede un certo grado di forza,

di onestà, di umiltà ma soprattutto di fiducia in
sé.
I nostri errori sono spesso i migliori maestri e
l'essere capaci di ammettere senza vergognarsi
non è la minore delle lezioni che lo
confermano.
Il timore di apparire ridicoli penso che sia la
causa più frequente che ci impedisce di
ammettere di aver sbagliato.
Gli antichi dicevano 'Errare Humanum est'.
Sbagliare fa parte della natura umana, siamo
appunto esseri fallibili e dobbiamo abituarci a
considerare gli errori una parte fondamentale
della propria esperienza di vita.
La frase "sbagliando si impara" non è solo un
proverbio: da quando siamo venuti al mondo, il
nostro cervello è strutturato per fare degli errori
e apprendere così da essi.
Basta per esempio vedere come un bambino
impara a camminare o andare in bici; riesce a
trovare il giusto equilibrio solo dopo una serie
di cadute.
Ad un certo punto ci ritroviamo a giustificarlo o
ad attribuirlo a qualcun altro pur di non mettere
in "discussione" le proprie opinioni profonde su

noi stessi.

Oppure l'errore entra in dissonanza con una nostra convinzione radicata la maggior parte delle volte da esperienze precedenti.

A volte, infatti, tendiamo a ripetere un comportamento che una volta si è dimostrato pure vantaggioso senza renderci conto che le circostanze sono cambiate, e che oggi quello stesso comportamento non è più utile.

Sì, possiamo comunque ingannare la gente facendole vedere che siamo "perfetti" ma, nonostante questo, non potremo mai ingannare noi stessi.

Quando si tengono le cose nascoste si limita la libertà stessa, mentre invece quando vengono ammesse e portate allo scoperto si prende la coscienza della possibilità di modificare questa realtà.

Tanti dicono che sbagliare è negativo, invece secondo me non lo è perché significa che si ha avuto il coraggio di rischiare e di vivere nuove esperienze nonostante tutto.

Se ti chiedessi di dirmi una cosa che hai sentito spesso, sono certa che una delle scelte potrebbe essere: "Le cose te le devi conquistare, senza

sacrifici non otterrai nulla!"
Perché? Perché tutti noi siamo figli, nipoti e pronipoti delle generazioni del sacrificio.
L'etica e la morale sono concetti importanti e che regolano molto quello che faccio io, fai tu e fa la società.
In poche parole: è etica quando parliamo delle regole che governano la società, è morale quando invece parliamo di quelle con le quali scegliamo di governare noi stessi.
Io, per ricordare più facilmente la differenza tra le due, penso che morale sia una parola che al suo interno ha tutte le lettere di 'amor', così mi ricordo che è quella che si fa personalmente, e quindi l'etica è l'altra; così, infatti, non dimentico che quando si parla di governare sé stessi, alla basse di tutte le scelte e indicazioni può essere molto nobile; il problema di questi gesti è che vengono trovati sempre tali posteriori, perché nessuno nasce eroe. Ci si diventa per sbaglio e qualcuno a volte lo riconosce fin da subito.
Sai quando ti dicono la frase: "Non si può fare sempre tutto quello che vuoi!" o anche "Non si può ottenere sempre quello che si vuole."

L'essere umano, tu, io, tutti è portato ad andare avanti; a procurarsi il cibo, a portare avanti la specie, a cercare un riparo. Senza accorgersene l'essere umano infondo fa esattamente quello che vuole.

Prima di ogni altra cosa, quello che vuole, è sopravvivere; quindi pensandoci la cosa che continuamente facciamo è appunto difenderci. L'istinto è il proprio modo di sopravvivere: le tue aspettative sono la cosa più difficile alla quale tu stesso possa cercare di resistere.

E spesso tanti si domandano chi abbia creato queste aspettative; in sostanza la risposta è: la sfiga.

Dove e come sei cresciuto, le persone, l'ambiente; il mix di tutte queste cose ti ha posto degli obbiettivi interni, predittivi e installati nel fondo del tuo cuore, tanto da sembrare immutabili.

Non devi chiedergli di cambiare, devi osservare tu stesso cosa succede. Non devi aspettare che siano loro a farti esistere, devi metterti a fare le cose, a lavorare su di te come stai facendo; il resto, poi, seguirà.

"E se non dovessero seguire?" Bene, quelle

stesse persone non sono adatte al cambiamento,
sono come un peso e non vogliono farti
diventare la migliore versione di te.
Riconoscere questa "bugia" non ti farà stare
meglio subito: sappiamo ormai tutti che questo
è come un viaggio con le sue tappe e i suoi
tentativi, e che prima di arrivare alla meta ci
sarà il vento, il mare, il deserto e così via.
Non ti passerà la paura tutta di un botto ma,
ancora una volta, la consapevolezza che questi
pensieri spesso intrusivi non sono frutto delle
tue reali emozioni ma che, al contrario, ne sono
la causa, ti aiuterà a prendere un lungo respiro e
dire: "Non so se sarò con qualcuno, non so se
sarò senza nessuno."
La cosa, sì, mi spaventa, ma non mi impedisce
sicuramente di vivere la mia giornata, non mi
impedisce di dare continuamente il meglio di
me e la cosa più importante non mi impedisce
di "procedere con il mio cuore pieno di gioia e
con gratitudine nei confronti di questa vita. Che
è mia, ho creato tutto io e non ho mai ancora
abbandonato, così come non abbandonerò me
stessa, alla ricerca di qualcosa che non mi
appartiene."

Quando qualcuno ti lascia, si porta via anche un pezzetto o almeno una piccola parte di te che non rivedrai, che non sarai più, che esisteva in funzione dell'altro, in funzione della vostra coppia e dei momenti che erano e saranno solo vostri.

Quando apprendi questo genere di consapevolezza, sei a un punto del viaggio che ti consente di capire a cosa hai rinunciato per quella determinata persona, a cosa avresti rinunciato per non lasciarlo andare via.

Sei in grado di capire che nessun essere umano lotterebbe così tanto per la sopravvivenza di qualcuno che non sia sé stesso; a meno però di non essere cosciente che in questo "cambiamento" sta perdendo anche un pezzo di sé.

Quando cerchi di trovare "l'altra persona", la persona che tu intendi giusta, in realtà cerchi te, le cose di te che ancora ti mancano, quelle che tu credi che ti renderebbero più felice, cerchi quel tratto di terreno dove attaccare la nave, una riva che hai già visto in mille e uno sogni, dove hai impiantato decine di fantasie dall'infanzia fino ad oggi: le fantasie che

finiscono tutte nello stesso modo, il lieto fine
nel quale non ci sarà più solitudine da
affrontare.
Gli altri potranno sempre fare tutto quello che
vorranno, tu non avrai più bisogno di cercare e
cercare.
È te che stai cercando, senza sosta, senza scuse,
continuamente.
Sono le tue stesse emozioni che stai cercando,
la tua volontà, i tuoi pensieri sempre più perduti
o quelli che credi di dover avere; è il compagno
che vorresti, che non riesci a capire quanto in
realtà somiglia a te stesso.
La persona che spesso cerchi ti assomiglia,
anche se non ti riconosci quella che cerchi sei
tu; e non riesci a trovarla perché non ti
attribuisci quelle stesse qualità.
Guardando con attenzione quella persona che
vorresti, hai un'arma straordinaria contro tutti e
tutti, leggendo i suoi pregi, hai modo di capire
quali siano le cose che in realtà si trovano tutte
dentro di te e saperle accogliere.
Accogli la tua gentilezza, generosità, ironia,
capacità; accogli tutti i tuoi meriti, sono quelli
che hai "trasferito" nell'altra persona, che sia

reale o virtuale.

Non stai cercando qualcuno, semplicemente il tuo inconscio sta solo disperatamente cercando di farti fare pace con te stesso, con la parte di te che continuamente non vedi.

Durante la conoscenza con un altro essere umano può darsi che tu, come gli altri, ti senta istintivamente alla pari, ma può darsi anche che tu senza inferiorità da parte tua e abbia bisogno di "sminuire" quella persona dentro di te.

Anche tu sei l'amico/a di qualcun altro, anche tu hai i tuoi sensi di colpa e la paura del giudizio degli altri.

E ti starai chiedendo: "Come posso fare per avere degli amici migliori?"

Devi semplicemente essere migliore.

Perché per avere qualcuno accanto che non sia come una sanguisuga emotiva che vuole sentirti parlare delle tue sfighe in modo da accettare il confronto con un altro essere umano, senza continuare a reputarlo superiore; devi essere qualcuno che tende a innalzare la figura stessa dell'altro sapendo che l'unica e vera felicità è la condivisione.

La condivisione di uno spazio d'ascolto dove tu

non ti preoccupi per tutto il tempo di cosa dirai
e come risulterai davanti agli altri.
Tu sei e sarai esattamente l'amica che cercherai:
i tuoi difetti, le tue difficoltà, le tue criticità, le
tue aspirazioni...
Vuoi sapere chi sei?
Guarda chi hai accanto.
Vuoi sapere in che punto della tua vita ti trovi?
Guarda il cuore delle persone con le quali passi
la maggior parte del tempo.
Se non ne sei felice non cercare mai di
cambiare o anche sostituire loro.
Cerca di capire perché sei come sei e perché
non riesci ad accettarla per com'è.
Cerca soprattutto di capire perché non vuoi
circondarti di chi ha raggiunto degli obbiettivi
che tu ancora non hai raggiunto.
Si dice che "se trovi il lavoro più bello del
mondo, se fai tutti i giorni quello che ti piace
davvero, non lavorerai mai veramente un
giorno in vita tua."
La gentilezza dovrebbe renderti più felice del
lavoro.
Emerge poi così il bisogno dell'effimero, il
desiderio di possedere cose che realmente non

occorrono, non servono, non sono nemmeno
del tutto reali a volte, non soddisfano nessuna
volontà ma che, passata una certa soglia di
guadagno netto, è come se diventassero la
nuova base dalla quale partire.
Come in una sorta di giostra circolare, una
volta che hai la macchina, la casa, la possibilità
di andare a cena fuori quando ne avrai voglia,
di comprarti tutti i vestiti che vuoi, è come se
sentissi di partire di nuovo completamente da
zero.
Quello che hai non solo non è abbastanza, è per
te che non vale abbastanza.
Oltre una certa cifra assicurata, passeresti la tua
vita a chiederti cosa fare per non perdere quel
denaro, temendo così che possa succedere e
inseguendo la possibilità di guadagnare cifre
sempre più alte per metterti a "riparo" da questa
eventualità, per poterti comprare alla fine cose
che semplicemente non ti servono, in costante
paragone con chi, a tuo parere, è più felice di te
perché evidentemente più ricco.
Tu non sei infelice perché non hai imparato a
parlare con te stesso, non hai potuto accettare le
emozioni che provi semplicemente perché il

giudizio degli altri ancora ti fa comportare in un certo modo, perché non sa ancora mettere dei "paletti" tra te, i tuoi desideri e i desideri invece degli altri, perché scegli delle persone intorno a te che non sono lo specchio di te stesso o te stessa.
Tu sei infelice perché prima d'ora non ti era mai successo ciò che ti sta capitando adesso: proprio qui, ora, per la prima volta non vedi mostri, vergogne, umiliazioni, offese, catene e pugni-
È la prima volta, non ti era ancora mai successo prima di ora.
Ed è merito tuo, non di quanti soldi guadagni o di chi ti accompagna.
Tu sei infelice perché hai vissuto tutti i giorni prima di oggi prendendoti colpe che non avevi, sacrificando responsabilità che invece erano davvero tue. Fino ad oggi hai dato attenzione a cose che consideravi importanti solo perché te l'avevano insegnato così e non hai mai prestato più di qualche secondo di attenzione al salto nel vuoto che stai facendo ormai da anni, continuando a precipitare, in caduta libera, senza nemmeno sapere dove atterrare, senza le

ali e senza il paracadute. Con l'aria che ti investe talmente forte da schiacciarti le guance senza riuscire a entrare nei polmoni, continuando ad andare sempre più giù.

Il tuo lavoro non può essere tutto quello che sei, è solo una parte di quello che fai: i soldi non sono il mezzo per arrivare, tu sei il mezzo per arrivare e, credimi, non importa quanto povero tu sia o sia stato, da quanto poco tu parta o sia partita, la cosa che più conta è cosa c'è nel tuo cuore oggi, in questo momento, domani mattina quando ti sveglierai, questa notte quando andrai a dormire, per cercare di capire come svolgere la tua vita secondo le TUE regole, secondo la TUA morale, secondo quei valori che per te sono finalmente importanti.

Quando analizziamo la nostra vita, vediamo molte imperfezioni, come granelli di polvere su uno specchio.

Siamo insoddisfatti e infelici per le ragioni più svariate: spesso le nostre parole e le nostre azioni si contraddicono; le nostre relazioni sono tese a causa dei nostri errori e i nostri piani più accurati per il futuro vanno in fumo.

Come se ciò non bastasse, nel corso della

nostra esistenza infliggiamo varie ferite agli altri, intenzionalmente o senza volerlo, e ciò provoca in noi sensi di colpa e rimpianto.
Se poi osserviamo la nostra famiglia e i nostri amici, scopriamo qualcosa di analogo: i figli non prestano ascolto ai genitori; i nostri stessi genitori non ci capiscono; il partner non si comporta in modo ragionevole; gli amici più stretti adottano stili di vita malsani che ci impensieriscono.
Anche se nel mondo troviamo così tante imperfezioni, non possiamo fare altro che amarle. La nostra vita è fin troppo preziosa per essere vissuta nella derisione o nell'odio di ciò che non gradiamo o che non comprendiamo.
Con la crescita spirituale, sviluppiamo naturalmente una maggiore empatia e ci sforziamo di vedere le situazioni della prospettiva degli altri.
Ciò, a sua volta, ci insegna ad accettare le imperfezioni altrui, e le nostre, con maggior giudizio e compassione.
Quando siamo soli con noi stessi, tutto ciò che abbiamo fatto, i risultati che abbiamo ottenuto, gli oggetti che possediamo, perdono di

significato.

Non contribuiscono alla costruzione della nostra identità.

La maggiore forma di ricchezza è e sarà sempre la felicità; certo, non è facile ricordarselo sempre.

Viviamo in un mondo tendenzialmente superficiale e stimolante, in cui siamo bombardati da messaggi che vogliono indurci dei falsi bisogni.

Ora voglio fare un esempio. Prendiamo una delle coppie più seguite sui social in Italia: Chiara Ferragni e Fedez. Lei possiede negozi nelle maggiori città di vari paesi nelle vie più prestigiose.

Lui, cantante, produttore discografico e personaggio televisivo acclamato.

Chiunque, se si paragona a loro, non può che uscirne perdente; a patto che non si smetta di pensare che la bellezza, la gioventù e la ricchezza rendono migliori.

Dove sta scritto che le persone più belle, più giovani o più ricche sono migliori delle altre? Chi l'ha deciso e in base a che cosa?

Ci concentriamo quasi sempre su quello che

non abbiamo, mentre diamo troppo per scontato ciò che invece abbiamo. So che può sembrare banale, ma ciò che è scontato smette di esserlo quando noi cominciamo a metterlo in pratica.
Non è facile rimanere osservatori consapevoli e anche distaccati, con il pulsante dello spirito critico sempre premuto. Costa impegno e molta fatica.
Ma sappiamo che ne vale la pena, perché ci protegge dalla più inutile delle sofferenze.
Lo dico da persona che ha attraversato il tunnel della superficialità andata e ritorno, e che ha seriamente pensato di fermarcisi molto a lungo: che senso ha disperdere tutte le nostre energie per ottenere cose che non contano?
A me è capitato soprattutto nel periodo in cui mi ero dimenticata di sorridere. Volevo talmente tanto diventare un formatore di successo, riuscire a dimostrare ai miei genitori, a chi aveva creduto in me e mi stava accompagnando in questo percorso quanto valevo, da non vedere letteralmente più oltre.
Avevo perso la mia leggerezza, la capacità di giocare, e anche la mia attitudine ad andare in profondità nelle cose.

Prendere consapevolezza di tutto questo è stata
dura, davvero. Perché avevo impiegato anni per
arrivare fino a quel punto, e in effetti avevo
raggiunto tutti i traguardi che mi ero posta: cosa
c'era allora che non andava? Perché avevo
cominciato a chiedermi se quello che stavo
facendo era ciò che realmente volevo?
Il fatto è che quello stile di vita,
quell'atteggiamento mentale mi stavano
portando lontano da me stessa.
Vivere una vita che non sentivo più giusta per
me, modificarmi, era un prezzo troppo alto da
pagare per avere successo.
Credo che lo scopo dell'essere umano sia
appunto l'esatto opposto: conoscere sé stessi e
andarsi incontro nonostante tutto. Solo così si
può vivere felici per davvero.
Prima di pensare su cosa sia davvero la felicità,
cerchiamo di chiarire invece la cosa che non è.
La felicità non è appagamento, sono due
sensazioni diverse e spesso fraintese.
Quando otteniamo qualcosa e sentiamo
soddisfazione, tendiamo tutti a definirci
"felici". Magari lo siamo, non dico il contrario,
ma questo non è il meccanismo che ci porta a

entrare a contatto con la nostra stessa felicità.
Tanti credono che sia diretta conseguenza della
realizzazione di propositi o di aspirazioni
personali, spoiler: non è così.
In questi casi si è appagati per un periodo, poi
quando l'appagamento svanisce, la vita ci
spinge a mettere a fuoco dei nuovi desideri.
I desideri a loro volta discendono dalle
mancanze, e questa parola deriva dal latino de-
che indica allontanamento, e sidus, "stella".
Letteralmente significa "mancanza di stelle."
Desiderare qualcosa che noi stessi crediamo
manchi è un motore molto potente, perché ci
spinge a migliorarci, a volte anche a evolverci
come persone, se riteniamo di avere bisogni
meno concreti e più di natura umana e
spirituale.
Tuttavia, soddisfare i nostri desideri non ci
porta alla felicità, ma appunto all'appagamento:
desidero un nuovo computer, lo compro e sono
appagata…
Abbiamo desideri sempre più nuovi a seconda
delle fasi della nostra vita, delle persone che
diventiamo, dei contesti in cui viviamo: l'unico
modo per essere sempre appagati sarebbe

secondo me chiedere a un genio della lampada di esaudire tutti i nostri desideri, dal primo all'ultimo e per sempre.

Quando ho smesso di inseguire desideri assurdi e a volte superficiali e ho cominciato a dirigere questa mia curiosità, questa "sete" di novità, questo bisogno di conoscere e di sapere nella direzione giusta per me, ho bisogno di costruire.

Certo, per farlo bisogna evitare un tranello grosso come una casa, nel quale tutti, prima o poi, cadiamo: pensare che esista una scorciatoia che ci permetta di ottenere tutto e subito.

La cattiva notizia è che così non ha mai realmente funzionato, e né mai accadrà.

Se vuoi che la tua vita sia un capolavoro, devi essere disposto a impegnarti a lungo.

L'ostacolo più grande per arrivare a individuare la felicità dentro di noi consiste nello sviluppare un approccio maturo, avviando così un percorso di consapevolezza.

Io spesso mi sono sentita persa. Mi è capitato di rimbalzare da una convinzione all'altra, da una riflessione all'altra: sono riuscita a trovare la mia rotta solo fermandomi un attimo e

puntando l'attenzione su di me.
La felicità del ricercatore sta nella scoperta di
sé. Ecco perché non dobbiamo accanirci nella
ricerca di una pretesa verità, ma sforzarci di
avvinarci a noi stessi giorno per giorno,
godendoci il processo che ci porterà alla nostra
reale verità.
Per smettere di lamentarsi, assumersi la propria
responsabilità e passare all'azione dobbiamo
diventare persone più pensanti e meno pesanti,
vivere nella leggerezza con profondità.
"Vivere nella leggerezza" non significa
sbattersene di quello che ci accade intorno,
come se fossimo inconsapevoli e superficiali.
No.
"Vivere nella leggerezza" significa acquisire
quel necessario distacco dalla realtà per non
subirla e riuscire a comprenderla davvero.
La leggerezza ci permette di eludere gli schemi
ai quali siamo abituati e di individuare nuove
prospettive.
Se ci basassimo sempre e solo sulla nostra
mente razionale, vivremmo ancora come nella
preistoria probabilmente: l'umanità si sarebbe
limitata a prendere atto della realtà e non

avrebbe compiuto alcun progresso.

La razionalità ci limita. Tendiamo ad attaccarci a essa perché dà sicurezza, ma dobbiamo costringerci a svuotare un po' la nostra mente e a fare spazio, se vogliamo acquisire delle nuove consapevolezze.

La vita dura quanto uno schiocco di vita. Non ha senso pretendere di misurarla in base alla propria lunghezza, tutto dipende dall'intensità: è appunto questo a fare la differenza.

La questione, comunque, non è quanto a lungo vivi, ma con quale consapevolezza.

Una vita senza scopo, senza approfondimento, senza ricerca può sembrare lunghissima, ma alla fine non ti lascerà niente.

Il regalo più grosso che possiamo farci è darci il permesso di essere intuitivi, di uscire dagli schemi.

Come? Comportandoci semplicemente come dei bambini: dobbiamo lasciarci andare, fregandocene anche un po' delle conseguenze.

Il risultato infatti sarà una figata, perché quando cuore e mente lavorano insieme possiamo vivere esperienze sinergiche di grande consapevolezza, significative non solo per noi

stessi ma anche per le persone che ci
circondano.
Appena rallentiamo la mente possiamo
sintonizzarci con la nostra intelligenza intuitiva
e aumentare così la propria consapevolezza,
quella degli altri e della realtà stessa.
Una volta ripresi i rapporti con la tua
intuizione, si dovrebbe anche smetterla di
provare a spiegarla facendo ricorso alla
razionalità.
Il mondo è un'opera d'arte, ma spesso ci
dimentichiamo di osservarlo, perché ormai
siamo perennemente concentrati su altro.
Eppure, se lo facessimo, tutte le nostre
preoccupazioni svanirebbero.
Soffermarsi sulle cose semplici è
un'opportunità enorme per scendere in
profondità e ritrovare quel senso di connessione
con sé stessi.
Guarda attentamente un fiore.
Prendi una margherita e fissala come se ne fossi
rimasto folgorato.
Se ti concentri, proverai un senso di
connessione pazzesco non solo con quel
semplice fiore, ma con te stesso, perché sei

concentrato su qualcosa che letteralmente non ti giudica, non ti guarda male, non si confronta con te in alcun modo.
Dovremmo sentirci così più spesso: ignorare quindi tutto ciò che ti impedisce di entrare in connessione con la nostra essenza.
Pur essendo semplice e soprattutto alla portata di tutti, non riusciamo a metterlo in pratica e a volte non ci sentiamo di farlo.
A volte siamo come "ossessionati" da un'idea, da un pensiero, da un bisogno di cui siamo consci a stento.
Per esempio, se vogliamo dimostrare di riuscire a ottenere sempre più dagli altri, finisce che non vediamo più la realtà.
La stessa identica situazione si verifica anche quando scappiamo da noi stessi, perché guardarci dentro equivarrebbe a vedere cose che non ci piacciono e che, quindi, cerchiamo così di nascondere.
Può capitare che scappiamo da un vuoto che abbiamo dentro in ognuno di noi: invece di affrontarlo tentiamo di riempirlo comprando oggetti o semplicemente frequentando persone.
Capita che, pur sapendo molto bene che i primi

non ci servono e le seconde sono sbagliate,
continuiamo imperterriti perché riteniamo che
tutto sia meglio dell'avere a che fare con il
nostro stesso vuoto…
Dobbiamo avere il coraggio di osservare ma
soprattutto di ascoltare anche ciò che non ci
piace nella propria vita.
Se quindi facciamo finta di niente,
continueremo a scappare senza nemmeno
esserne consapevoli, e a nascondere i nostri
"mostri" sotto il tappeto.
Peccato però che, a lungo andare, il tappeto
diventerà come ingestibile.
Possiamo metterci sotto tutto quello che
vogliamo, ma un bel giorno, ci ritroveremo un
tappeto gonfio, impraticabile, pieno di gobbe,
sul quale non si riesce a muovere un passo
perché, se lo si schiaccia da un lato, qualcosa
spunta da un altro.
Alla fine, incapace di svolgere la sua funzione,
il tappeto volerà via e noi rimarremo in
compagnia dei nostri mostri ormai enormi: a
quel punto serviranno molto coraggio e molta
forza per provare a sbaragliare tutto quel
dolore.

Per evitare di finire incastrati in una situazione
del genere, dobbiamo capire il prima possibile
che tutti i mostri che abbiamo dentro di noi,
tutte le cose brutte che ci sono capitate nella
vita, in realtà sono segnali di qualcosa.
Spesso ciò ci impedisce di guardare in faccia i
nostri mostri, i nostri dolori, i nostri vuoti o le
parti più buie del proprio essere è il timore di
perdere quella sicurezza su cui abbiamo basato
la vita.
Tutta questa paura ci deriva dall'idea, quasi
assurda, che le situazioni che viviamo nel
presente siano comunque più sicure di quelle
che vivremo nel futuro.
Tante persone hanno paura di iniziare nuove
relazioni, di buttarsi in nuove carriere, perché
hanno sofferto e preferiscono "non rischiare".
Quando si è appesi ad una corda,
prevalentemente ti alleni a fare, non a pensare,
e questo senso dell'agire mi ha regalato ciò che
da tempo e da alcuni libri cercavo di ottenere:
la presenza.
Ogni giorno le nostre stesse azioni sono
condizionate da ciò che ci è accaduto nel
passato e ciò che potrebbe accaderci poi nel

futuro.

Di conseguenza però, se non sappiamo accettarli e soprattutto gestirli, il nostro passato e il nostro futuro diventeranno ostacoli in grado di impedirci di vivere appieno il nostro presente, l'unico tempo che davvero abbiamo.

Una connessione forte con il presente ci permette non solo di vivere appieno, ma anche di distaccarci dalle cose, vita compresa.

Hai presente quando una persona ti parla ma tu stai pensando a tutt'altro?

Ecco, questo è esattamente il contrario della presenza.

Dobbiamo immergerci invece nelle situazioni che stiamo vivendo quando siamo nel presente, solo così riusciremo ad apprezzare davvero una quantità di cose: non solo la persona che abbiamo di fronte a noi, ma dettagli che fino a ieri ci sembravano invisibili: le gocce di pioggia che si rincorrono sul vetro della macchina, l'azzurro del cielo, il raggio di sole che crea l'arcobaleno sul pavimento.

Spesso le persone cercano qualcuno che dica a loro: "Brava!", "sei forte", ma in realtà la maggior parte delle volte non hanno bisogno di

questo.
Hanno bisogno di liberarsi da vari
condizionamenti che le costringono a rimanere
nel loro piccolo recinto.
È importante che crei un gruppo che ti
incoraggino, come anche è importante avere
amicizie, un coach… sono bellissime cose ma
non puoi basarti solamente su quello.
Al centro devi esserci prima tu. Perché se
aspetti che qualcuno ci crede al posto tuo, non
riuscirai davvero ad ottenere dei tuoi risultati.
Se ti incoraggeranno mentre tu continuerai a
nasconderti nelle tue paure, finirai con il sentirti
sempre inadeguato.
Non bisogna aspettare l'autorizzazione di
nessuno: devi andare e agire.
Quello che pensano gli altri non conta e la vera
motivazione arriva quando arriveranno i primi
risultati.
È naturale cercare conferme, ma bisogna
ricordare che ci si deve autorizzare da soli. Le
persone che conosciamo e che ci gravitano
intorno appartengono a tre categorie diverse
che però iniziano tutte con la lettera "c".
La prima categoria è quella dei congiunti (i

genitori, i fratelli, figli, parenti) che purtroppo o
per fortuna, fanno parte del pacchetto base e
sono incancellabili.
Se ad esempio non li sopporti puoi smettere di
parlarci, andare via di casa, ma loro resteranno
comunque tuoi parenti.
Ricordati che, anche se a volte sbagliano, lo
fanno con delle buone intenzioni, perché
tengono a te e si sforzano di fare il tuo bene.
La seconda categoria di persone che ci
circondano è quella degli amici di compagnia:
con loro esci, vai fuori casa, ti diverti, fai delle
battute, affronti anche discorsi profondi…
La terza e ultima categoria è quella degli amici
di crescita, con i quali puoi confrontarti e
affrontare discorsi rivolti sul miglioramento.
In pratica, gli amici di crescita sono quelli che
condividono i tuoi valori, le tue aspirazioni,
credono in te, sanno incoraggiarti e anche dirti
le cose più "scomode" ma con la giusta
delicatezza e le giuste parole.
Imparerai dalle sconfitte che le vittorie saranno
sempre meno delle cadute.
Imparerai che non serve correre troppo per
arrivare fino al traguardo se poi non sai la

strada da percorrere; imparerai che non serve
soffrire se non per chi davvero ne vale la
pena…
Imparerai che i "ti amo" vanno pesati con cura
e non lanciati a caso, perché non sempre
amiamo le persone con cui stiamo, e che non
sempre ognuno di noi corrisponde all'etichetta
che ci mettono.
Imparerai che a volte la solitudine serve più
della compagnia, e so che può sembrare strano
ma è così.
Imparerai che alla fine di tutto dovrai fare i
conti con te stesso e non con gli altri come
pensi, e tu sai benissimo che cosa stai
sbagliando anche se vuoi convincerti del
contrario.
Imparerai che non sei tu ad ascoltare la musica
giusta nel momento giusto, ma è la musica a
trovare te quando ne hai il bisogno.
Imparerai che non sempre i genitori fanno il
nostro bene, per quanto vogliano e si sforzino
di farlo, non sempre le loro scelte dovrebbero
essere automaticamente anche le nostre, non
sempre quello che dicono deve essere lo stesso
per noi; siamo umani, sono umani anche loro,

sbagliamo tutti e soprattutto perché non tutti conoscono la persona che vorresti diventare. Imparerai che sei tu l'unico a sapere dove vorresti arrivare, e devi imparare a bastarti se serve, imparare a voltarti se serve, imparare ad amarti, quello sempre.

Alla domanda: "Qual è la cosa più difficile nella vita?", molte persone rispondono: "le relazioni".

Poiché ci vogliono due persone affinché un rapporto funzioni, coltivare le relazioni è una faccenda complessa.

Anche sul lavoro possiamo provare delusioni: quando i colleghi non rispettano le nostre idee, o quando il capo non esprime nessun apprezzamento per un progetto a cui abbiamo dedicato tante ore di straordinario.

La delusione è generata dalle aspettative che proviamo nei confronti di un'altra persona, aspettative che vengono disattese.

Aspettative che spesso non esprimiamo, eppure vorremmo che gli altri in qualche modo le intuissero, basandosi semplicemente su indizi non verbali, e che poi ci accontentassero.

Quando le nostre stesse aspettative sono

disattese, ci sentiamo frustati e urliamo:
"possibile che non riesci a capire cosa voglio?
Ti basterebbe osservarmi e analizzare la
situazione in cui mi trovo"
Ma ovviamente, se non ce l'ha mai detto, è
difficile capire esattamente cosa si aspetta
l'altro da noi.
In assenza della telepatia, come facciamo a
conoscere i suoi desideri?
Le delusioni inespresse si trasformano in
emozioni ancora più difficili da gestire, come la
rabbia, il sentirsi feriti, il rancore o persino il
tradimento.
Quindi non dobbiamo permettere alla delusione
di crescere in noi: è meglio condividerla, e
quando esprimiamo il nostro disappunto,
dobbiamo prestare attenzione alle parole che
usiamo per non risultare offensivi o a volte
anche troppo critici, e dobbiamo evitare di
sfogarci quando trabocchiamo di rabbia.
Inizialmente può sembrare imbarazzante, ma
con un po' di pratica è possibile smettere di
reprimere quelle emozioni, e parlare con calma
senza danneggiare la nostra relazione.
Quando ti senti deluso e ti rendi conto che ciò

dipende dalle tue aspettative, devi sforzarti di capire perché affidi così spesso la tua felicità agli altri.

Nella nostra vita ci sarà sempre qualcun che farà qualcosa di assolutamente imperdonabile.

Sappiamo che dovremmo perdonarlo per il nostro stesso bene, anziché serbare rancore e rabbia, ma è più semplice a dirsi che a farsi.

Come possiamo perdonare con facilità le persone che hanno raccontato bugie orribili sul nostro conto?

Nella loro ascesa sociale o professionale, ci hanno calpestato e pugnalato alle spalle.

La ferita è così profonda che non siamo sicuri di essere in grado di sanarla.

In momenti simili, non dovremmo sforzarci di perdonare troppo in fretta chi ci ha fatto del male.

Il primo passo per guarire una ferita emotiva profonda è riconoscere ma soprattutto accettare le nostre sensazioni per ciò che sono.

Se qualcuno ci incoraggia a mettere da parte la rabbia prima che siamo pronti, corriamo il rischio di aggravare la ferita, aprendo troppo presto una spaccatura nella nostra "parete" protettiva.

Quando la nostra mente si ferma nel passato, non ci accorgiamo di ciò che ci sta offrendo il momento presente, perciò non possiamo goderci pienamente la nostra vita.

Come se tutto ciò non bastasse, poiché nessuno ci ha insegnato i passi concreti per riuscire a perdonare qualcuno e tutto questo si crea una differenza incolmabile tra cuore e mente e così si trasforma in un'altra forma di disagio.

Chiunque si fermi a riflettere, a dare significato a ciò che gli accade, ad ascoltare il perché profondo delle cose, dovrebbe poter aver voce in capitolo.

Credo appunto che questa sia la nostra forza nascosta, e che tutti l'abbiamo: tutti noi siamo capaci di fermarci e pensare; e credo che solo quando acquisteremo una tale consapevolezza saremo in grado di smettere di compiere gli stessi errori e di comunicare agli altri il messaggio in modo che non caschino nelle buche in cui siamo già caduti noi.

Un conto è avere il bisogno di qualcosa per riempire un vuoto, un conto invece è amare.

Amare significa donare la propria parte più

bella, non usare gli altri per riempire i nostri stessi vuoti.

Spesso, però, è proprio ciò che accade. Ci leghiamo alle altre persone sperando in questo modo di riuscire a risolvere i nostri problemi interiori, ma ovviamente non funzionerà.

Il rapporto che dovrebbe venire prima di tutti gli altri è proprio quello con il nostro sé, invece spesso cerchiamo di spostare l'attenzione fuori da noi: ci diciamo che saremo più felici quando conosceremo l'uomo giusto, quando troveremo amici migliori.

Così facendo però, deleghiamo agli altri la responsabilità della nostra felicità.

Tutto ciò però è un grande errore perché la responsabilità della nostra felicità può essere solo che nostra.

Siamo noi a doverla creare, generare e costruire, non arriverà come magia da fuori.

La gelosia e l'attaccamento non sono sinonimi di amore: chi ama è semplicemente tranquillo nel suo sentimento, non sente il bisogno di controllare l'altro.

Molte persone pensano a una relazione come a una costrizione, un recinto, e da ciò giustificano comportamenti assurdi.

La mitologia che si è creata attorno alla frase "Tanto amore=tanta sofferenza" è sbagliata secondo me.

Questa "formula" riguarda il sentimentalismo e viene santificata da migliaia di canzoni d'amore che fa rima con dolore.

L'amore non conosce obblighi perché è donare senza condizioni: i veri gesti d'amore non si compiono per ottenere poi qualcosa in cambio.

Se è così, oppure se ci sentiamo obbligati, è perché l'altro ci rinfaccia il suo sentimento e si aspetta poi qualcosa da noi.

L'amore causa sofferenza solo quando non prendiamo delle decisioni coraggiose; solo quando non ci assumiamo la responsabilità di viverlo con presenza e rimaniamo attaccati al nostro ego.

Quando diciamo a una persona "Mi manchi", che cosa stiamo dicendo realmente… ci hai mai pensato? Certo, sono belle parole e dolci, ma c'è un grosso ma grosso come una casa.

"Mi manchi" significa che ora, nel momento in cui te lo sto dicendo, mi manca qualcosa per essere felice, per stare bene.

Significa anche che senza di te non sto bene; e
così questa frase carina, inconsciamente e a
livelli molto profondi, genera nell'altro un
senso di colpa, perché in poche parole il
messaggio subliminale è: "Quando non ci sei,
io sto male."
Mi rendo conto che non sia facile, soprattutto
oggi, trovare persone così aperte e fiduciose nei
confronti della vita stessa.
Come sai, la vita ci riserva anche degli eventi
dolorosi e, fin da quando siamo molto giovani,
le ferite che essi portano, lasciano e poi
rinforzano la nostra maschera.
È un meccanismo di protezione che noi stessi
attiviamo per tutelarci delle emozioni negative:
ci rifugiamo poi così nelle distrazioni per
nascondere la realtà.
L'amore, però, non può esistere senza
vulnerabilità; per questo dobbiamo confrontarci
con le nostre ferite senza maschera, senza paura
di soffrire e, soprattutto, senza la pretesa di
dover dimostrare agli altri il nostro valore.
Il potere della vulnerabilità si manifesta quando
smettiamo di puntare il dito contro gli altri,
ammettendo le nostre responsabilità.

Quando poi siamo disposti a vivere pienamente
il dolore che c'è dietro ad una delusione, senza
scappare, allora tutto cambia e riusciamo a
darci la possibilità di amare davvero.
Quando ti apri alla vulnerabilità, ascoltando,
accettando e apprezzando profondamente il tuo
passato, ti immergi nell'amore verso di te e,
quindi, anche verso gli altri.
Le persone hanno paura della propria
vulnerabilità e si proteggono raccontandosi
delle storie e praticando il "vittimismo"
cronico.
Tutto questo ci porta all'ego e ci costringe a
guardare solo a noi stessi, impedendoci di
donare incondizionatamente il nostro amore
agli altri.
Prova a pensare ai momenti iniziali di una
nuova relazione o di un rapporto d'amicizia: se
ti sarai aperto al potere della vulnerabilità, avrai
provato fiducia, connessione e rispetto, giusto?
Questo è accaduto perché hai semplicemente
aperto il tuo cuore, senza paura.
Non hai pensato alle possibili conseguenze: ti
sei concentrato principalmente sull'altro,
abbandonando così le tue difese.

Certo, mantenere un occhio vigile è
sicuramente utile, soprattutto agli inizi di
qualsiasi relazione, perché è appunto quello il
momento in cui di solito idealizziamo l'altro.
Lo utilizziamo, così, per soddisfare dei bisogni
profondi che sono rimasti insoddisfatti, magari
quando eravamo in un precedente legame, ma
accade esattamente questo: proiettiamo
sull'altro i nostri bisogni insoddisfatti, cercando
così di colmare un vuoto interiore.
Infatti, basta poco...
Appena l'altro fa qualcosa che non ci piace,
l'idealizzazione così scompare e si manifesta la
realtà; è in quel momento che ci chiudiamo alla
vulnerabilità per proteggerci dalla sofferenza
stessa.
Se vogliamo emanare il dono dell'amore, però,
dobbiamo capire che il senso di delusione e
frustrazione che sentiamo oggi e ha radici nel
nostro passato.
Se vogliamo davvero aprirci all'amore occorre
quindi imparare ad onorare il dolore stesso,
l'insicurezza e la paura, senza nasconderli,
nella consapevolezza che in realtà sono la
nostra forza.

Il perdono è così difficile perché il nostro cuore
non ascolta la nostra mente, e non sappiamo
nemmeno come collegarli tra loro.
Talvolta cerchiamo di negare o soffocare la
rabbia e l'odio, sperando poi che spariscano,
ma si ripresentano sempre.
Anziché combattere contro le nostre stesse
emozioni, dovremmo onorarle lasciando che si
esprimono, per poi osservare come la loro
energia si manifesti in noi.
Se imparassimo a osservare le nostre ferite
emotive con interesse e compassione, il nostro
cuore ormai indurito, inizierà misteriosamente a
sciogliersi.
Non appena sentiamo che il nostro cuore
comincia ad aprirsi, possiamo provare a
rivolgere uno sguardo compassionevole alle
persone che ci hanno ferito.
Alcune persone hanno abbinato al volersi bene
paura del giudizio, paura di passare per egoisti,
vergogna, fatica, disagio… e quindi
preferiscono continuare a vivere come hanno
sempre fatto, magari lamentandosi.
Altre invece non si rendono conto della
mancanza di amor proprio e pensano che le

cause dei propri problemi provengano soltanto dall'esterno, dalle richieste esterne, dalla cattiveria, dalle crisi, dalla mancanza di denaro e di lavoro, dei tanti obblighi e dalle tante responsabilità, dalla genetica, dal destino, dall'universo.

Siamo sempre di corsa per risolvere problemi, urgenze; per raggiungere obbiettivi, spesso imposti da altri, per rispondere alle tante mail o messaggi che ci arrivano in ogni momento.

Ci sono sempre più persone con l'affanno o con la frustrazione di non aver fatto abbastanza.

A volte penso semplicemente che ci vorrebbero giornate di quarantotto ore, anche se forse non basterebbero nemmeno quelle!

Ma questa maledetta paura del giudizio degli altri quando è nata?

"E non c'è una cura?" magari ti chiederai.

Beh, non è una malattia da curare, ma se non viene gestita può portare diverse malattie.

Per l'uomo primitivo, infatti, essere giudicato male dal proprio "branco" significava venire escluso. Ed essere esclusi, all'epoca, voleva dire essere lasciati soli in mezzo ai pericoli e quindi morire.

La paura del giudizio fa anche questo: annebbia la vista sulla realtà e sui propri errori, perché ci costringe costantemente a focalizzare il nostro punto di vista sugli altri e su ciò che pensano di noi, in una parola sull'esterno.
Le nostre energie, il nostro tempo e i nostri pensieri andrebbero indirizzati anche su di noi, piuttosto che essere costantemente assorbiti dal mondo esterno, dai suoi problemi e dalle sue distrazioni.
Se riflettiamo sui nostri comportamenti, ci rendiamo conto che essi rispecchiano due funzioni essenziali: allontanarci dal dolore e avvicinarci di più al piacere.
Queste due funzioni hanno permesso all'uomo di sopravvivere per molti millenni.
Se non le avessimo sviluppate, oggi non saremmo qui. Infatti, una volta imparato che un determinato stimolo esterno oppure un nostro comportamento ci provocano dolore o piacere, il nostro cervello fissa questa informazione nella nostra "memoria di lavoro" tramite associazioni fra i neuroni e le cellule del cervello.
Questo processo permette al nostro cervello di

recuperare in fretta un'informazione
importante, risparmiando energie ed evitando
dei pericoli.

Pensa se da bambini, dopo aver scoperto che
mettere un dito sul fuoco fa male, avessimo
continuato a riprovare perché questo concetto
non era fissato nella nostra memoria, o perché
impiegavamo tempo a ricordarcelo...

Se un comportamento o una situazione esterna
sono associati al dolore, si chiameranno leve di
dolore o leve di piacere.

Molte persone che soffrono, per limitare il
dolore, per evitarlo o anche solo silenziarlo per
qualche ora, ricorrono a fumo, droga, alcol,
psicofarmaci, si isolano da tutti o si buttano sul
cibo; si lamentano in continuazione o si
dedicano al gioco d'azzardo.

Insomma, ricorrono ad abitudini che potremmo
identificare come poco funzionali a volersi
bene.

Dall'esterno sembra così assurdo, sembra un
modo così evidente di complicarsi la vita, e
invece "quando ci sei dentro" è tutto normale,
tutto giusto.

Chi crede di non poter avere amor proprio si

basa su una percezione parziale della realtà,
magari anche vantandosi di essere "realista"!
Ma il realismo non esiste, perché la nostra
mente non riesce a immagazzinare e a prestare
attenzione a tutto ciò che ci circonda per poter
cambiare le nostre credenze e anche per le
convinzioni occorre ampliare le nostre
percezioni, che è quasi impossibile quando si è
a lungo sotto stress, di malumore e sotto
pressione, perché in questo stato il cervello
cerca di risparmiare energie.
È proprio in questa stessa fase che cerchiamo
"come l'acqua" conferme e sicurezza; bisogna
soprattutto conservarla, tutelarla, custodirla
tramite i filtri percettivi attraverso i quali il
nostro cervello prende in considerazione
soltanto gli elementi in linea con le proprie
convinzioni, ignorando però tutti gli altri per
evitare dolore, fatica e insicurezze.
Uno dei più potenti filtri percettivi è la
generalizzazione.
Generalizzare significa, ad esempio, dire a sé
stessi: "Siccome quelle due volte che sono
andata in palestra sono tornata indolenzita,
allora andare in palestra fa male."

È un filtro percettivo che serve per risparmiare energie nel categorizzare le informazioni in entrata, sulla base di qualche esperienza passata, perché, come in questo caso, il cervello non dovrà più analizzare se andare in palestra sia così utile o no.
Ti è mai capitato di prendere all'ultimo secondo un treno?
Beh, sui treni ci sono le porte dei vari scompartimenti che si aprono a volte verso l'interno, a volte verso l'esterno.
Se sei di corsa, cosa viene spontaneo fare?
Magari spingere la porta verso l'interno del treno anche se c'è scritto "tirare" e non "spingere."
È questo che induce la generalizzazione, per cui diciamo: "Siccome ho aperto due o tre volte una porta spingendola, allora tutte le porte si aprono spingendo."
E lo fai, nonostante nella realtà tu abbia aperto molte porte anche tirando e soprattutto nonostante un cartello molto chiaro con scritto "tirare."
Molte persone si creano limitazioni su ciò che sono e su ciò che possono fare, perché magari

non hanno avuto riscontri positivi in passato,
quindi generalizzano e si auto convincono che
non riusciranno a cambiare nemmeno in futuro.
La paura generalizzata di sbagliare ancora, di
soffrire ancora di più, ci induce a credere di
sbagliare, a esitare davanti a una sfida, a non
impegnarci fino in fondo, ad avere molti più
dubbi, e alla fine è ovvio che otterremo un
risultato negativo.
Chi ha una cattiva opinione di sé, secondo te,
ha amor proprio?
Certo che no. Questo ovviamente non significa
che le persone che hanno amor proprio si
sentano infallibili, però in linea di massima
hanno una buona stima per sé e lavorano con
umiltà sui propri limiti.
Al contrario, chi ha una scarsa stima in sé in
genere si "tortura" accusandosi, dandosi delle
colpe e costruendosi una storia, che è l'insieme
delle sue convinzioni e credenze più radicate su
cui basa tutta la sua vita.
Se penso che che gli altri siano più forti di me
trasmetterò fiducia e serenità oppure tensione e
diffidenza?
Purtroppo, la tensione, l'insicurezza, la

diffidenza prenderanno "il potere."
Credere di essere una persona lenta, poco brillante, poco furba, nasconde la convinzione di non esserlo abbastanza.
Per timore di essere poco intelligente le persone preferiscono ripetere a sé stessi di essere lenti, poco brillanti.
Dire e dirsi di essere poco furbi è un po' come addolcire una pillola. Ma accettare la convinzione di essere poco brillante è il problema più grave, perché diminuisce la tua autostima.
Il tempo di risposta o il tempo che impieghi a capire un concetto dipende da molte variabili, a volte dall'emotività, altre volte dall'incapacità dell'interlocutore, dal tuo interesse verso un determinato argomento, dall'insicurezza, ma una cosa è certa: non è strettamente correlato ad una scarsa intelligenza.
Anzi, per quel che mi risulta, se prima di decidere prendi in considerazione più aspetti è probabile che tu faccia una scelta intelligente rispetto a una decisione presa di impulso; e, guardando la questione da un altro punto di vista, si potrebbe dire che invece chi è veloce a

rispondere magari è un po' superficiale.
Invece quando pensi che la tua lentezza sia
segno di grande intelligenza, come percepirai e
affronterei la realtà?
La mancanza di tempo è solo una questione di
priorità. Le priorità le stabilisci quando decidi
cosa è più importante in un certo momento.
Spesso pensiamo che prenderci cura di noi
stessi richieda troppo tempo dedicato agli altri
sia meno di quanto non sia in realtà.
La causa di questo meccanismo riguarda
sempre le due leve che spingono ad agire il
nostro cervello.
La paura del giudizio e di essere esclusi dal
proprio gruppo ci condizionano a tal punto che
proviamo dolore se non dedichiamo tempo agli
altri per dedicarci a noi stessi.
Di conseguenza, convincersi che il tempo da
dedicare a noi stessi sia troppo, è una strategia
difensiva per evitarci del dolore.
La leva del piacere scatta quando ricevi una
notifica sul telefono di qualcuno che ti ha
risposto, oppure quando muori dalla voglia di
vedere chi ti ha scritto o cosa gli altri hanno
scritto; perché nel proprio cervello avviene un

rilascio di dopamina, che ti regala
soddisfazione e piacere.

Quando fai qualcosa di nuovo, e che dunque
non riesci a fare, a cui hai abbinato fatica o
paura del giudizio, ovviamente cambia la tua
percezione del tempo.

Oggi le distrazioni sono aumentate, e purtroppo
sono diventate fonte di stress.

Inoltre, quando viviamo in una condizione di
stress cronico e siamo di cattivo umore, siamo
più sensibili alle distrazioni, perché abbiamo
bisogno di distrarci, di una pausa dalla
frustrazione, dalla tensione…

Quando mente e corpo dicono stop perché non
ci prendiamo cura di loro, sottovalutiamo non
solo il tempo ma anche i soldi che perdiamo per
doverci riprendere.

Sin da piccoli ci ripetono che prima bisogna
pensare al dovere e poi al piacere; e di sicuro è
un consiglio di buon senso, dato che tutti noi
dobbiamo fare la spesa e pagare poi le bollette.

Il problema subentra quando, per dedicarci al
dovere, ci trascuriamo troppo e arriviamo a
considerare l'esercizio fisico, una semplice
camminata o un po' di riposo come qualcosa

che ci distrae dai nostri doveri e ci fa perdere tempo e soldi.

E se amarsi non fosse un optional, ma un dovere? Nessuno può prendersi cura di noi se non noi stessi.

Chi ci sta vicino può aiutarci a curarci quando stiamo male, ma alla fine saremo solo noi a dover fronteggiare la "malattia."

Questa frase, prima il dovere e poi il piacere, anche quando era applicata al mondo del lavoro, si riferiva a un contesto lontano da quello attuale, quando si svolgevano professioni perlopiù manuali e spesso all'aria aperta, con meno fonti di stress.

Mentre si lavorava, il corpo e la mente avevano numerosi benefici che al giorno d'oggi non abbiamo.

Allora era normale considerare il riposo come un piacere, perché riposare significava godersi il raccolto, godersi il frutto del proprio lavoro.

Invece oggi, che sono pochissimi i lavori manuali all'aria aperta, per svolgere bene il nostro dovere, con le sollecitazioni che hanno la mente e il corpo, ci occorre, anzi, è necessario volerci bene e stare bene soprattutto con noi stessi.

La mente è sollecitata in maniera esagerata, generato infatti dai continui cambiamenti del mercato del lavoro, dalle pressioni della scuola, dei clienti e delle varie relazioni con le persone. "Rapidamente" o "per ieri" sono le parole d'ordine che governano maggiormente il mondo del lavoro ma anche in famiglia e nelle relazioni sentimentali: e in tutto questo marasma in cui ti senti affogare, dovresti anche pensare a volerti bene? "Se se…direbbe qualcuno." "Si, c'è qualcosa di più urgente, prima penso a uscirne e poi starò bene." Direbbe qualcun altro.

Il punto fondamentale è questo: volersi bene non è la meta da raggiungere dopo che hai risolto tutti i problemi, ma lo strumento quindi per risolverli.

Quando inizi a considerare l'amor proprio come strumento necessario per superare i problemi, quali scelte e quali comportamenti metterai in atto di conseguenza?

Uguali o diversi rispetto a quando lo giudicavi un piacere, un optional? Diversi.

È difficile ciò che sai fare o ciò che non sai

fare?

In genere giudichiamo difficile qualcosa che non abbiamo mai fatto o che abbiamo fatto poche volte, e come possiamo giudicarlo così se non l'abbiamo mai provato?

Come abbiamo visto, la mente fa di continuo paragoni con ciò che hai già provato, con ciò che conosce.

La mente giudica, valuta, etichetta per risparmiare energie e recuperare sicurezza.

Etichettare vuol dire attribuire un significato, positivo o negativo, a una persona o un'azione e, in base a quel significato, reagire e quindi scegliere se sentirsi in pericolo o al sicuro.

Facile, dunque, che la nostra mente, davanti a qualcosa di cui ha esperienza, lo etichetti "difficile."

Per assurdo, questa etichetta ci fornisce più sicurezza, i neuroni si fermano, il cervello risparmia energie.

Inoltre, se per caso falliamo compiendo un'azione che consideriamo difficile, abbiamo la scusa pronta: "Eh, io ci ho provato, ma era troppo difficile!"

Quante volte anche io ho usato questa scusa, a

scuola dopo una verifica andata male o un fallimento a livello personale.
Chi usa questa etichetta spesso smonta anche le possibili soluzioni ai problemi, perché è troppo impegnativo provarle e quindi è molto più facile ribattere che è difficile.
Vi starete chiedendo il problema dove sta.
Il problema sta in ciò che consegue all'uso della parola "difficile": se rimango lì ferma, senza fare niente, anzi se mi impegno soltanto a trovare scuse, a fare polemica e a giudicare, i miei problemi non si risolvono, anzi si ingigantiscono solo.
Per assurdo se affermiamo che volersi bene è difficile, nella nostra società siamo giustificati, siamo perdonati e quindi automaticamente accettati.
La parola "difficile" è una sorta di giustificazione pubblica, è come dire a tutti: Se sbaglio c'è un motivo, e quel motivo sicuramente non sono io."
Perché il motivo del mio fallimento non la mia incapacità o il mio scarso impegno; il problema è che era difficile.
Essere accettati dagli altri soddisfa il nostro

bisogno di concessione con chi, come noi, non
ci è riuscito; soddisfa il nostro bisogno di
sicurezza, perché conferma le nostre certezze, e
soddisfa anche il bisogno di importanza, perché
obiettare che una soluzione è difficile ci fa
sentire più importanti: dire: "Sì, provo a
cambiare!"
Darebbe ragione a chi propone una soluzione ai
nostri problemi.
L'amara verità di cui mi sono resa conto è che
la società preferisce chi si omologa, chi si
confonde nella massa, e invece invidia, denigra,
disprezza chi si differenzia dagli altri, chi c'è la
fa e chi vuole emergere.
Ed è altrettanto vero che se riesci a risolvere
problemi che altri non sono in grado di
risolvere o se hai trovato il modo per volerti
bene e vivere felice vieni sì escluso dalla
massa, anche se oggigiorno non è più in gioco
la tua sopravvivenza, come quando gli uomini
rischiavano di essere esclusi dal branco e
rimanere proprio soli.
Anzi, per quello che ho visto e ho provato sulla
mia stessa pelle, è proprio volendoti bene e
prendendoti cura della tua salute che oggi,

proprio oggi, vivi e ti circondi di persone che ti
vogliono semplicemente bene.
Quando ripensiamo a ciò che abbiamo vissuto,
creiamo un'altra persona da noi: la vediamo
agire, sbagliare, amare, soffrire, ammalarsi,
gioire: ci sdoppiamo, ci moltiplichiamo.
Assistiamo allo spettacolo della nostra vita
come spettatori: talora indulgenti, severi,
carichi di sensi di colpa, oppure sazi di quel
poco che abbiamo cercato di vivere fino in
fondo.
Noi, autori di noi stessi, ci scopriamo non del
tutto certi di essere stati e di aver sperimentato
quanto ci è accaduto. Le neuro-scienze possono
oggi anche spiegarci che ciò si compie per la
perdita progressiva di miliardi di neuroni: per la
sapiente attività della natura che, per fortuna, ci
obbliga a dimenticare.
Con la conseguenza che ogni nostro ricordo è
sempre una nuova, e sempre diversa,
invenzione: un'imitazione pallida di quanto è
realmente accaduto.
La cui traccia resta in noi, per il fatto che
quell'evento fu così "forte" da segnare ora il
corso della nostra vita, ora da farle vivere

qualche secondo di bellezza, chiarezza mentale
o, viceversa, di silenzio, solitudine.
L'autobiografia non è soltanto un tornare a
vivere: è un tornare a crescere per se stessi e
poi per gli altri, è un incoraggiamento a
continuare a rubare giorni al futuro che ci resta,
e a vivere più profondamente, quelle esperienze
che, per la fretta e la disattenzione degli anni
cruciali, non potevano essere vissute con la
stessa intensità.

RINGRAZIAMENTI:

Questo libro è stato possibile grazie alle tante persone che mi hanno condotto fino a qui.
Grazie alle mie radici, alle mie guide, ai miei genitori, ai miei nonni.
Tramite i loro insegnamenti, i loro pensieri, il loro amore, tramite la loro cultura, il loro esempio, il mondo "antico" e prezioso che mi hanno trasmesso, ho costruito il mio riparo, il mio rifugio, l'ho inserito nel profondo del mio cuore e a esso ritorno ogni volta che devo richiudere delle ferite .
Grazie ai miei genitori, che mi hanno dato la vita, mi hanno aperto gli occhi su di essa e poi mi hanno insegnato tutto...
Grazie a mio fratello che sarà sempre il mio riflesso e il mio punto di riferimento durante la mia crescita.
Grazie a quelle persone che ho incontrato fino ad ora durante il mio cammino e mi hanno aiutato ma soprattutto sostenuta per completare questo mio piccolo sogno.

www.ingramcontent.com/pod-product-compliance
Lightning Source LLC
Chambersburg PA
CBHW021403150726
47989CB00005B/2373